KB263117

있었다

있었다

성실

초록서재

차례

차오름보육원

왜 모든 이야기는 잠들기 전에 살아날까.

나는 그 이유가 사람은 잠들기 전이 가장 약한 존재이기 때문이라고 생각한다. 아무리 누가 곁에 있어도, 함께 자리에 눕더라도, 잠드는 그 순간만큼은 혼자일 수밖에 없으니까.

그 틈을 노려 모든 이야기가 스멀스멀 침투하는 거다. 약해진 손끝, 약해진 발끝, 약해진 숨결을 타고 비열하게도. 그렇게 자리 잡은 이야기는 긴긴밤을 오래도록 따라다니며 누군가를 괴롭힌다.

나는 아직도 악몽을 꾼다.

텐트 안에서 이야기를 엿들었던 그날 밤처럼. 내게 그것이 달라붙은 그 순간부터 지금까지 나는 끈덕지게 그것과 함께한다. 내 의지와 상관없이 이야기는 언제나 그곳에 존재한다.

“내가 이해하면 무서운 이야기 해 줄까?”

막 잠이 들 무렵 들려온 소리에 품 안의 연이 꿈틀 움직였다. 나는 가만히 연의 등을 다독였다. 지금은 충분히 잠을 자 둬야 할 때였다.

흠흠. 기침 소리를 내고 몸을 크게 뒤척이는 것으로 불편한 속내를 드러냈지만, 역부족이었다. 텐트 안 아이들은 도무지 이야기를 그만둘 생각이 없어 보였다.

평소 같았으면 캠프에라도 온 것처럼 철없이 구는 아이들에게 한 소리 하고 도망갔을 텐데, 비좁은 텐트 안에서는 그럴 수도 없었다. 나는 멀쩡히 잘 자고 있는 연의 두 귀를 꾹 막고 두 눈을 질끈 감았다. 그럼에도 소리들은 웅크린 몸 틈새로 잔잔한 파도처럼 밀려왔다.

‘그만해. 제발 그만해.’

이야기는 정말로… 내 의지와는 상관없이 시작된다.

옛날에 말이야, 어느 초등학교에 웅비라는 아이가 있었대. 얼마나 옛날이냐고? 그건 이 이야기에서 중요하지 않으니까 집중해서 잘 들어 봐.

웅비는 평범하게 학교 잘 다니는 건강한 아이였는데, 어느 날 웅비 담임 선생님한테서 전화가 온 거야.

"아버님, 웅비 엉덩이에 알 수 없는 두드러기가 잔뜩 났어요. 얼른 병원에 데려가야 할 것 같습니다."

깜짝 놀란 아버지는 웅비를 데리고 부리나케 병원으로 갔대.

"선생님, 우리 애가 도대체 왜 이런 겁니까?"

아버지가 떨리는 목소리로 의사 선생님한테 묻자, 의사 선생님은 아무래도 웅비에게 알레르기가 있는 것 같다고 말했어. 그러고는 일찍 발견해서 다행이라며 약을 처방해 줬어.

한숨 돌린 아버지는 담임 선생님한테 전화해서 감사 인사를 하고는 웅비가 오늘 먹은 음식을 되짚어 봤지.

토마토, 오이, 식빵과 땅콩 잼. 웅비 입에서 급식으로 나온 음식이 쏟아져 나왔어. 아버지는 생각했대. 어떤 식품이 알레르기를 일으켰지? 앞으로 웅비가 먹으면 안 되는 식품은 뭘까? 도대체 뭘 조심해야 하는 걸까…?

그렇게 곰곰이 생각을 이어 가던 아버지는 문득 한 가지 사실에 다다랐어. 뭔가 이상했던 거야. 웅비의 두드러기는 분명 엉덩이와 허벅지에서 시작됐어. 그런데 담임 선생님은 웅비 엉덩이에 두드러기가 났다는 사실을 어떻게 안 거지? 어떻게, 어떻게…. 아이의 엉덩이에 두드러기가 났다는 사실을 알아차릴 수 있었던 걸까?

헉!

나는 숨을 급히 들이마시며 눈을 번쩍 떴다. 발작하는 심장 소리가 들릴 만큼 텐트 안은 조용했다. 나는 슬그머니 일어나 옆을 건너봤다. 연은 입을 헤벌린 채로 자고 있고 연의 옆으로 다른 아이들도 침낭을 돌돌 만 채 푹 잠들어 있었다. 웅비 이야기가 잠들기 전 들은 건지, 아니면 꿈에 나온 건지 헷갈릴 정도로 텐트 안은 조용했다.

하, 나는 한숨을 내쉬었다.

어쨌든 오늘 잠은 다 잤다.

오싹함 때문인지 추위 때문인지 팔에 돋은 소름이 쉽게 가라앉을 것 같지 않았다. 쓱쓱 살갗을 문질러 소름을 잠재운 나는 베개로 쓰는 점퍼 밑에 넣어 두었던 휴대폰을 꺼내 들었다. 전화와 문자는 되지 않지만, 와이파이에 연결하면 아쉬운 대로 인터넷 정도는 사용할 수 있었다.

휴대폰을 켜기 전 연의 얼굴 앞에 손을 휘휘 저어 깊이 잠든 것을 확인했다. 그러고는 화면의 밝기를 최대한으로 줄인 뒤 이불 속으로 쏙 번데기처럼 기어들어 갔다.

밤새 인터넷은 새로운 뉴스거리로 뜨거웠다. 가장 먼저 눈에 띈 단어는 단연 '차오름'이었다. 자극적인 기사 제목과 보육원 이름이 그대로 어우러졌기 때문인지 유독 그 기사만 조회 수가 높았다. 기사를 클릭하니 제목 아래로 '보육원', '폐쇄'라는 단어가 보였다. 그중 시선을 사로잡은 것은 '남은 아이들은 어디로?'라는 마지막 문장이었다. 동정만이 담긴 듯한 그 물음에 가슴이 뜨끈해졌다. 그런데도 몇 번이고 기사를 읽을 수밖에 없는 건 무슨 이끌림 같았다.

며칠 전 오름시 소재 차오름보육원에서 천인공노할 사건이 벌어졌습니다. 차오름보육원을 운영해 온 김 모 원장은 해임됐으며 시설은 폐쇄 여부를 논의 중에….

김 원장의 이름은 익명으로 처리됐지만, 차오름보육원 이름은 아니었다. 누구든 클릭 몇 번이면 차오름보육원에 살던 아이들에게 도대체 무슨 일이 벌어졌는지, 몇 명이나 그런 일을 당했고 몇 살 먹은 애들이 주로 피해를 당했는지 아주 쉽게 알아낼 수 있었다. 나는 다른 몇몇 기사를 살펴보다가 휴대폰을 도로 점퍼 밑에 넣었다.

아직까지는 내가 찾는 기사가 없었다.

그나마 다행이라고 해야 할지. 한숨이 새어 나왔다. 벌써 밤이 깊었다. 내일을 위해서라도 그만 잠들어야 했다.

나는 연 쪽으로 돌아누워 가만히 두 눈을 감았다. 그러자 잠들기 전에 들은 이야기가 살아 있는 이불처럼 스멀스멀 나를 덮어 왔다.

이해하면 무서운 이야기와 차오름보육원은 어딘지 묘하게 닮았다. 엉덩이에 두드러기가 잔뜩 난 아이의 이야기와 차오름보육원에서 벌어진 이야기….

나는 그 이야기에 숨겨진 진실을 이해하고 싶지 않았다. 생각하기를 멈추자, 그제야 조금씩 잠이 밀려왔다.

얼마나 감사한 평온함인지.

✦

그날은 이상한 날이었다. 아침부터 구둣발 소리가 복도를 소란스럽게 울렸다. 차오름보육원에서 구둣발 소리는 듣기 어려웠다. 김 원장은 손님이 올 때가 아니면 갈색 슬리퍼를 질질 끌고 다녔고 지도사 선생님들도 편안한 슬리퍼나 운동화를 신었다. 낯선 구둣발 소리는 불길하게 귀에 달라붙었다.

잠시 뒤, 검은 옷을 입은 사람들이 잔뜩 나타나 원장실로 들어갔다. 이윽고 원장실 안이 소란스러워졌다. 아이들이 원장실 앞으로 모여들자, 지도사 선생님은 우리를 멀찌감치 내쫓았다.

그렇게 몇 번 보육원을 오가던 남자들은 마지막에 김 원장과 함께 사라졌다. 그리고 그들은 아무 예고 없이 차오름보육원에

다시 들이닥쳤다.

노란 텐트 앞에 텐트 색보다 더 진한 그림자가 어른대는 기척에 잠이 깼다. 좌우로 오가던 그림자는 불쑥 텐트 지퍼를 내렸다. 그 사이로 둥그런 두 눈이 나타났다. 그 눈알은 두룩두룩 움직여 텐트 안을 살피다가 바깥을 향해 소리쳤다.

"여기에도 아이들이 있어요!"

눈알의 외침에 사람들의 발소리가 가까워졌다. 그들은 하나같이 형광 조끼를 입고 손에 종이와 테이프 따위를 들고 있었다.

"정말이네."

우리는 그들 손짓에 떠밀리듯 텐트 밖으로 나왔다. 그들은 테이프를 길게 뜯어 보육원 건물에 붙은 종이를 텐트 입구에도 붙이기 시작했다.

'철거.'

쫙쫙! 테이프 찢는 소리가 텅 빈 운동장에 북소리처럼 울렸다. 그 소리는 마치 이제 여기서 나가야 할 시간이라고 우리에게 말하는 듯했다.

"형…."

옆에서 연이 불안해하며 부르는 소리에 나는 연의 어깨를 꼭 끌어안았다. 괜찮다는 뜻이었지만, 정말 괜찮은 건지는 나도 알 수 없었다.

“안녕?”

처음에 텐트를 연 눈알, 아니 어떤 여자가 불쑥 얼굴을 들이밀며 인사했다. 내가 무시하고 쓰러져 가는 텐트를 보자 여자가 고개를 움직여 시야를 가로막았다. 그제야 나는 여자의 얼굴을 바로 들여다보았다. 긴 머리를 질끈 모아 묶은 여자의 얼굴에는 선한 미소가 담겨 있었다. 마른 몸에 어울리지 않게 커다란 카메라가 목에서 대롱대롱 흔들리고 있었다. 예전에 기자들이 떼로 몰려왔을 때 하나같이 목에 걸고 있던 길쭉한 카메라와 똑같았다.

눈을 가늘게 뜨고 보자, 여자가 눈썹을 밑으로 내렸다.

“그렇게 볼 것 없어. 이제 안심해도 되거든.”

여자는 눈높이를 맞추기 위해 살짝 숙였던 허리를 폈다.

형광 조끼를 입은 남자가 다가와 텐트 주변을 둘러봤다. 그러고는 또 다른 남자와 숙덕숙덕 이야기를 주고받다가 큼직한 상자를 들고 왔다. 연과 함께 쓰던 담요, 손전등, 충전기 따위가 그 상자 안으로 들어가기 시작했다.

여자가 다시 내 앞을 가로막았다.

“우리는 나쁜 사람들이 아니고 너희를 도우러 온 사람들이니까 안심해도 돼.”

여자가 변명하듯 말했다.

“뭘 돕는데요?”

"뭘 돕냐니, 당연히 너희가 여기서 겪은 일들을 해결하는 데 도움을 주려는 거지. 그리고 앞으로도 이것저것 어른들의 도움이 필요할 거야."

여자의 말은 쉬웠다. 그렇지만 도저히 이해할 수 없었다. 왜냐하면 여기서 겪은 일들 모두 나를 도와준다는 그 '어른들'이 저지른 일이니까. 지금은 상냥해 보이는 저 눈이 얼마나 징그럽게 변하는지 나는 안다. 그래서 저 여자를 믿을 수 없다. 어른을 믿을 수 없다.

내 생각이 표정으로 드러났는지 여자가 씁쓸한 표정을 지었다.

"음…. 여기는 이제 폐쇄하기로 결정됐는데, 혹시 못 들었니? 이제 너희는 여기서 지내면 안 돼. 날도 점점 추워질 테고 이곳에서 지내는 건 위험해서…."

"못 들었어요."

어젯밤 잠깐의 검색은 별 도움이 못 되었나 보다. 하기야 지금 다시 기사를 찾아본다고 한들 보육원에서 벌어신 일에 관해 떠드는 기사만 잔뜩 나올 게 뻔했다. 사람들이 원하는 건 사건이지, 사건이 끝난 후의 이야기가 아니니까.

이번에는 검은 옷을 입은 남자들이 줄지어 보육원 안으로 들어왔다. 여자는 기다렸다는 듯 웃으며 맨 앞의 남자 한 명을 소개했다.

"인사해. 이번 사건 담당 형사님이셔."

나는 눈을 들어 남자를 힐끔 보았다.

마지막으로 구둣발이 찾아왔던 날, 우리는 프로그램실에 모여 영화를 보고 있었다. 그때 건물 밖에서 큰 소리가 났다. 하필이면 스릴감 넘치는 액션 영화를 보고 있던 터라 아이들 모두 소스라치게 놀라 비명을 질렀다. 큰 소리는 잦아들지 않고 보육원 안까지 쳐들어왔다. 그들은 원장실에 들이닥쳐 또다시 한참 실랑이를 했다. 살짝 열린 문 너머로 검은색 옷을 입은 사람들이 바쁘게 오가던 모습을 그 자리에 있던 아이들이 모두 지켜봤다.

자신을 심주혁 형사라고 소개한 남자는 그때 봤던 사람들과 비슷한 차림새를 하고 있었다.

"이름이 이청. 맞지?"

심주혁 형사는 내 이름 두 글자를 힘주어 발음했다.

"중학교 삼 학년?"

"…."

"흐음, 잠깐 얘기 좀 했으면 좋겠는데."

심주혁 형사가 볼을 긁적이며 말했다. 그러자 여자가 내 손에서 연의 손을 빼 갔다. 천천히 이야기하라는 듯 심주혁 형사에게 손짓한 여자는 연의 손을 끌고 보육원 마당의 놀이터로 향했다. 거기까지 행동하는 데 단 한 번도 내 동의는 구하지 않았다.

심주혁 형사가 연을 따라 고개를 돌리는 나를 보고 입맛을 다셨다.

"동생이야?"

"아니요."

"그래. 몇 가지 좀 물어보고 싶어서 그런 거니까 긴장하지 말고. 어제도 여기에서 잤다고 들었는데 뭐 불편한 점은 없었고?"

나는 눈으로 연을 좇으며 고개를 가로저었다.

적어도 조금 전까지는 불편한 게 없었다. 추웠지만 견디지 못할 정도는 아니었고, 무서웠지만 잠을 못 잘 정도는 아니었다. 그런데 지금은 너무 춥고 무서웠다.

텅 빈 손바닥에 점점 땀이 고였다. 울컥 눈물이 날 것 같았다.

운동장에서 불어오는 모래바람 때문에 눈이 따가웠고, 쌀쌀한 가을 분위기에 마음이 황량해졌다.

심주혁 형사는 놀이터 그네에 앉아 몸을 흔드는 연과 철제 팻말이 길린 보육원 건물을 찬찬히 둘러보았다. 심수혁 형사의 시선이 다시 내게 돌아왔다.

"먼저 이곳에서 어떻게 지냈는지 듣고 싶은데, 얘기해 줄 수 있니?"

"텐트에서 어떻게 지냈는지요?"

"음, 그것도 좋지. 그래, 그럼 우선은 그 얘기를 해 보자. 그러

고 나서 이 차오름보육원에서 어떻게 지냈는지도 들려주면 좋
겠어.”

심주혁 형사가 다시 물었다.

“텐트에서 지내는 건 딱히 불편하지 않았다고 했지? 그럼 보
육원에서 지내면서 불편한 점은 없었니? 뭐… 특별한 일이 있었
다거나.”

몰아닥치는 질문에 나는 이를 악물었다. 심주혁 형사의 질문
은 좀 어려웠다. ‘네’나 ‘아니요’로 답할 수가 없었다. ‘특별한
일’이라니. 우리에게 일어났던 일들이 특별한 일이었을까? 특별
한 일이라는 건…. 일상적이지 않은 일을 말하는 거 아닌가.

심주혁 형사의 눈이 무엇 하나라도 놓치지 않으려는 감시 카
메라처럼 빛났다. 부르르 몸이 떨리고 입이 딱 다물렸다. 생각을
그만 멈춰야 했다. 그러지 않으면 무서운 이야기들이 다시 나를
덮쳐 올 것이다.

“적당히.”

나는 더듬더듬 입을 움직였다.

“적당히?”

“네. 뭐…. 적당히 좋을 때도 있고 싫을 때도 있고. 남들처럼.”

남들이 어떤지 알지도 못하면서 나는 이렇게 말했다.

“남들처럼?”

"적당. 적당했어요."

"적당했다고?"

"네."

심주혁 형사는 계속 내 말을 따라 했다. 그러다 내가 습관처럼 손톱을 긁자, 한숨을 내쉬었다.

"그래, 뭐."

심주혁 형사는 말끝에 물음표가 아닌 온점을 사용해 간단히 대화를 끝냈다. 심주혁 형사가 나른하게 몸을 풀며 주머니에 손을 넣었다.

"네 말은, 그러니까 별일 없었다는 뜻이지?"

"네."

"보거나 들은 것도 없고?"

대답하는 대신에 고개를 끄덕였다. 그 와중에도 손끝은 바지런히 거스러미를 긁고 있었다.

심주혁 형사의 손이 주머니 밖으로 나왔다. 그의 손에 명함이 들려 있었다.

"그래. 하지만 아무리 들은 게 없다고 하더라도 세연이랑 정이는 알 거야. 같이 지냈으니까 설마 모른다고 하진 않겠지."

날카롭게 튀어 오르는 말에 고개를 푹 숙이고 끄덕였다. 머리 위에서 탁탁, 명함 끝을 튕기는 소리가 신경질적으로 들려왔다.

“그래, 뭐. 좋아. 나중에라도 생각나는 게 있으면 여기로 연락해.”

명함을 받지 않고 머뭇거리자, 점퍼 주머니에 억지로 명함이 꽂혔다.

“뭐든 좋아. 내 말은 꼭 이번 사건과 관련된 얘기가 아니더라도 뭐든 나한테 하고 싶은 말이 있으면 연락하라는 거야. 도움이 필요하다든가, 그럴 때.”

심주혁 형사는 그 말을 끝으로 어깨를 두어 번 두드리고는 차량으로 향했다. 함께 왔던 경찰들이 그 뒤를 따랐다. 말을 주고받으며 멀어지는 그들을 보고 나는 연을 찾아 고개를 들었다.

연은 저 멀리 여자와 함께 있었다. 여자는 그네에 앉은 연의 앞에서 카메라를 든 채 열심히 고개를 끄덕이고 있었다. 찰칵. 그 소리가 명함에서 나는 사그락사그락 소리만큼 날카롭게 들렸다.

“이연!”

나는 서둘러 달려가 연의 등을 감쌌다. 그렇게 하면 마치 연을 보호할 수 있는 듯이. 무엇으로부터 보호해야 하는지는 나도 모른다. 그냥 팔로 연을 끌어당겨 품에 꼭 안았다. 그러고 나니 끈질기게 따라붙던 서늘한 기운이 조금 가셨다.

“뭐 하고 있었어? 얼른 가자.”

여자는 날카로운 내 눈총을 받고 어깨를 으쓱하더니 한발 물러섰다.

"형사님과 얘기는 잘했어?"

여자가 물었다. 나는 대답하지 않았다. 그저 연의 손을 꼭 붙잡고 아직 허물어지지 않은 우리 텐트 쪽으로 발을 옮겼다. 형광 조끼를 입은 사람들이 텐트 앞을 어수선하게 오갔다. 우리는 텐트 안으로 들어가 손을 꼭 잡고 둥글게 몸을 말았다. 힘없는 팔이 자꾸만 연을 놓쳐 몇 번이고 다잡아야 했다. 그러는 동안에도 텐트 밖으로는 그림자가 바쁘게 일렁이고 있었다.

모래성

"우리는 너희를 안전하게 지켜 주려는 거야."

이튿날, 자신을 영화 원장이라고 소개한 아줌마가 찾아와 카메라를 들고 있던 여자와 비슷한 말을 했다. 도와주는 것과 안전하게 지켜 주는 것. 둘 중 어떤 말을 믿을 수 있을까.

그리고 오늘도 여자가 나타나 보육원 이곳저곳을 카메라로 촬영했다. 여자와 눈이 마주치자, 영화 원장님이 인자하게 미소를 지었다. 영화 원장님은 그 미소 그대로 내게 손을 내밀었다.

"자, 이리 나와. 좀 더 안전한 곳으로 가야지."

"그래. 여기는 너희가 지내기에 안전하지 않아."

여자가 큰 소리로 보탰다. 나는 연을 꼭 끌어안았다.

어제 하나씩 철거되던 텐트를 생각하면 이건 예견된 일이었다. 아직 남아 있던 아이들이 밖으로 나와 옆을 지나쳐 갔다. 연과 나까지 나오자, 봉사자들은 안에서 짐을 끄집어내고 마지막으로 남은 텐트를 무너뜨렸다. 일주일 전에 자기들이 설치해 준 텐트를 이제는 자기들이 철거하고 있었다.

‘차오름 사건’이 드러나자, 어른들은 보육원을 어떻게 해야 할지 논의했다. 어른들이 한참 이야기를 주고받는 동안 아이들은 줄곧 이곳에 남고 싶다고 했다. 그러나 아이들의 의견은 받아들여지지 않았다. 우리가 보육원 마당에 텐트를 치고 이곳을 지키는 동안 어른들은 보육원을 폐쇄하기로 결정하고는 뿔뿔이 이별시켰다.

내 손을 잡고 선 연이 코를 크게 훌쩍였다. 그러자 여자가 거보란 듯이 연을 내려다보며 말했다.

“여기 더 있다간 너까지 감기 걸릴 거야.”

휑해진 운동장을 돌아봤다. 굳건하던 텐트가 허물어지고 내장처럼 밖으로 빠져나온 짐들이 모랫바닥에 이리저리 놓였다. 우리를 안전하게 지켜 주던 것들은 언제나 이렇듯 쉽게 사라진다. 내가 태어난 집이 그랬고, 차오름보육원이 그랬으며, 지금은 이 보잘것없는 노란 텐트가 그렇다.

집이란 파도에 부서지는 모래성과 같다. 아이들도 모래성이 금방 무너진다는 사실을 잘 안다. 그래서 무너져도 울지 않는다.

나는 연의 손을 꼭 쥐었다.

“거기에서 연이랑 같이 지낼 수 있나요?”

“연이도 그러길 원하니?”

영화 원장님의 시선이 연에게 닿았다. 연의 손을 잡은 주먹에 힘이 더 들어갔다. 다행히 연은 한껏 고개를 끄덕여 주었다.

“아, 알았다. 너희가 그 아이들이구나? 서로 죽고 못 산다는?”

영화 원장님이 눈주름이 펠 정도로 활짝 웃으며 조심스레 손을 뻗어 연의 볼을 쥐었다.

“나는 저기 시내에서 너희 같은 아이들 돌봐 주는 일을 하는 사람이야.”

영화 원장님이 연에게 장난스럽게 말한 뒤, 가방에서 팸플릿을 꺼내 나에게 건넸다.

“고생 많았겠다. 여기서 이러지 말고, 일단 나랑 같이 가자. 둘이 함께 지내게 해 줄게.”

함께 지내게 해 주겠다는 말에 나는 군말 없이 고개를 끄덕이고 영화 원장님 뒤를 따랐다.

그날 저녁, 영화 원장님과 연과 나 그리고 여자가 레스토랑에서 돈가스를 먹었다. 레스토랑을 나와 영화 원장님이 운전하는 차에 오르려 할 때 여자가 자신을 김주은 기자라고 소개하며 명함을 건넸다. 나는 그 명함을 차에 올라타면서 슬쩍 바닥에 버렸다.

차는 어느 중학교 뒤에 있는 하얀 아파트 앞에 멈췄다.

"안에 들어가면 네 또래 아이들이 세 명 있을 거야."

그 말은 싸우지 말고 잘 지내라는 의미였다. 나는 고개를 끄덕였다. 다른 아이들이 사고 치고 싸움을 일삼을 때도 나는 한 번도 문제를 일으킨 적이 없었다.

"잘 지낼 수 있어요. 보육원에서는 한방에서 여섯 명이 지내기도 했어요."

어떤 때는 여덟 명, 또 어떤 때는 열 명이 한방을 쓰기도 했다.

영화 원장님이 조금은 씁쓸한 얼굴로 웃었다.

"그래. 그럼 가 보자."

*

어렸을 때 기억은 대부분 흐릿하지만, 그래도 살던 집만큼은 또렷이 기억한다.

우리 집은 복도가 길게 죽 이어지고 현관문이 다닥다닥 붙은 구식 아파트였다. 일자로 뻗은 주방과 거실 겸 안방, 작은 방, 화장실이 전부였던 아파트에는 창문이 하나뿐이어서 바람이 잘 들지 않았다. 그래서 여름철이면 집집마다 현관문을 활짝 열어 두고 맞바람이 들게 했다. 그 때문에 복도에는 늘 온갖 음식 냄새가 가득했다.

우리 집도 여름이 되면 안전 고리를 걸고 현관문을 빠끔 열어 두었다. 그러면 살짝 열린 문틈으로 가뭄 끝의 단비 같은 바람이 솔솔 들어와 얼굴을 기분 좋게 간지럽히곤 했다.

더울 때면 나는 그렇게 엄마가 열어 놓은 현관문 쪽으로 머리를 두고 긴 주방에 누워 바람을 쐬곤 했다. 작은 틈으로 바람이 느릿느릿 들어와 젖은 앞머리를 넘기고 땀을 식혀 주면 잠이 솔솔 왔다.

조용한 바람은 갖가지 소리를 물어다 주기도 했다. 복도에서 아이들이 킥보드를 타고 노는 소리, 파리가 날아가다 벽에 탁탁 부딪히는 소리, 달그락대며 요리하는 소리, 가끔은 누군가 소리를 지르며 싸우는 소리. 그런 소리들이 마치 다른 세상에서 다가오듯 어렴풋이 들려왔다.

모든 것이 아주 일상적이었다.

쩌렁쩌렁 울리는 다툼 소리도 몇 날 며칠 이어지면 다른 사람에게는 일상적인 소리가 되곤 한다. 쨍그랑 접시가 깨지는 소리에도 사람들은 웬만해선 관심을 보이지 않는다. 그냥 '아, 저 집 또 싸우네.' 하고 만다.

그날도 마찬가지였다. 아빠가 고성을 내지르고 컵을 깨부쉈지만, 찾아오는 이웃은 없었다. 내가 자지러지게 울어도 요란하게 현관문 닫는 소리만 잇달아 들려올 뿐이었다.

그날따라 웬일인지 엄마가 비싼 디저트 가게로 나를 데려갔다.

"청이가 먹고 싶은 걸로 골라. 값은 상관 말고."

"정말?"

엄마가 말없이 고개를 끄덕였고 나는 신나서 진열대로 달려갔다. 투명한 유리 진열대를 이쪽저쪽 오가며 난생처음 보는 디저트 사이에서 신기한 모양의 파란색, 보라색, 초록색 과자를 골라 담았다. 뭔지는 모르지만, 엄마도 좋아할 것 같았다. 그것들을 엄마와 같이 먹고 싶었다.

나중에야 그게 마카롱인 줄을 알았다. 그렇지만 나는 아직도 마카롱이 어떤 맛인지 모른다. 설레는 마음으로 상자를 열어 보기도 전에 아빠 손에 처참히 부서져 버렸으니까. 마카롱이 그렇게 약한 과자라는 사실을 알았다면, 나는 마카롱을 고르지 않았을 거다.

영화 원장님을 따라간 아파트는 어릴 때 살던 집과 똑 닮았나. 그곳에도 복도에 세발자전거와 빨래 건조대 따위가 먼지 쌓인 채 공간을 차지하고 있었으며 감옥 같은 창살에는 거미줄이 엉켜 있었다.

도착한 집은 현관문의 초록색 페인트칠이 군데군데 벗겨져 있었다. 문 위쪽에 '행복한 우리 집'이라는 나무 팻말이 걸리고 그 옆에 조그맣게 '그룹홈'이라고 적혀 있었다.

영화 원장님은 집 안으로 들어가 아이들 세 명을 거실로 불러 모으고 우리에게 소개해 주었다.

"뭐야?"

깡마르고 눈매가 날카로운 아이가 손을 꼭 잡고 들어선 연과 나를 보자마자 한 말이었다. 다른 두 쌍의 눈동자도 경계를 담고 있었다. 깡마른 녀석은 손에 쥐고 있던 보드게임 말을 던지듯 내려놓으며 다시 물었다.

"쟤네 뭐예요?"

"새로 온 친구들이야. 연이랑 청이."

"연이랑 청이? 형제예요?"

"형제 같은 사이지."

"그게 뭐야. 형제가 아닌데 형제 같은 사이라고?"

깡마른 녀석이 샐쭉 입술을 올리고 브이 자로 만든 손을 턱에 가져다 댔다. 마치 자기가 탐정이라도 된 듯한 모양새다. 눈이 마주치자 깡마른 녀석의 눈이 장난스럽게 빛났다.

"어쩐지 하나도 안 닮았다 했네."

"아닌데! 닮았는데!"

연이 울컥해 외쳤다.

"어쭈?"

깡마른 녀석이 피식 웃자, 팽팽하게 오갔던 신경전이 조금씩
부드럽게 풀렸다.

"얘는 이석수, 얘는 막내 김세현, 나는 정한솔."

한솔이 실실 웃으며 먼저 손을 내밀었다. 나도 소개하려고 입
을 움직이는데, 한솔이 손을 휘휘 내저었다.

"됐어. 다 들었는데 뭘 또."

한솔의 눈길이 내 허리춤에 붙은 연에게 닿았다. 한솔이 입꼬
리를 씩 올렸다.

"고아?"

"…."

"정한솔, 너!"

우리가 쓸 이불을 내주던 영화 원장님이 놀라 고개를 번쩍 들
었고, 나는 연을 내려다봤다. 연은 한솔의 말을 이해하지 못한
것처럼 아무렇지도 않은 얼굴이다. 연의 그런 표정을 보고 한솔
이 또 피식 웃었다.

"뭘 그래요? 여기 있는 애들 다 비슷한 처진데. 그냥 나이가
한참 차이 나는 애를 데리고 있으니까 신기해서 그랬어요."

한솔은 그렇게 말하더니 내 손목을 끌고 방으로 들어갔다. 방
안에는 침대 없이 이불 두 채만 나란히 깔려 있었다. 이불 위에
앉은 한솔이 나를 바라보았다. 정말로 한솔의 눈에는 악의가 없

어 보였다. 나도 한솔의 질문이 기분 나쁘지는 않았던 터라 순순
히 한솔의 궁금증을 풀어 주었다.

"보육원에서 같이 지내던 동생이야."

"아, 보육원."

한솔이 간단히 고개를 끄덕였다.

석수가 한쪽에 널려 있던 보드게임을 질질 끌고 와서 이불 옆
에 가만히 앉았다. 연은 알록달록한 게임판에 관심을 보였다. 방
은 이불을 깔아 둔 것만으로 꽉 차서, 바닥에 보드게임을 놓으니
발 디딜 틈이 거의 없었다.

"마침 말 두 개가 남았는데."

하얀색과 빨간색 말을 손에 쥐고 한솔이 말했다. 그러고는 게
임판으로 다가가는 연을 보며 어깨를 들어 올렸다.

"같이 할래?"

뉴스

밤늦도록 한솔과 보드게임을 하느라 연도 나도 자정이 돼서야 이부자리에 누웠다. 덕분에 그날 밤 아홉 시 뉴스에 차오름보육원 이야기가 보도되었다는 사실을 몰랐다.

"야, 너 어제 뉴스 봤냐?"

학교에 갔더니 누군가 하는 말이 들려왔다. 뉴스를 보지 못했지만 어떤 이야기일지 알 것 같았다. 이미 본 것처럼 보도 내용이 머릿속에서 재생되었다.

차오름보육원, 열 몇 명의 아이들.

그리고 성추행.

아이들 말에 따르면 댓글 창이 아주 떠들썩하단다. 대부분 보육원 원장을 욕하는 내용이고 아이들이 불쌍하다는 댓글도 있단다. 나도 교무실 앞에서 희미한 와이파이 신호를 잡아 기사 몇 개를 찾아봤다. 힘들게 검색할 필요조차 없었다. 역시나 짐작한 대로였다.

학교에서 아이들은 종일 차오름보육원 이야기를 연예인 이야기처럼 떠들어 댔다. 그리고 마지막에는 꼭 약속이나 한 듯 내게 눈길을 던졌다.

그러잖아도 좁은 동네에 차오름보육원이라는 명칭이 그대로 찍힌 뉴스 보도가 나오니 지루한 학교생활에 지친 아이들의 이목이 끌리는 건 어쩔 수 없었다.

나는 아이들의 시선을 한결같이 무시했다. 아니, 점심을 먹고 교실에 들어갔을 때 익숙한 목소리가 귓가에 들려오기 전까지는 그랬다.

내가 교실로 들어가자, 영상을 보고 있던 어떤 아이가 화들짝 놀라 휴대폰을 숨겼다. 그러나 영상에 너무 집중했던 탓인지 그 아이의 반사 속도는 한 박자 느렸고, 나는 휴대폰 안에서 뿌듯한 표정으로 사건을 보도하는 김주은 기자의 모습을 볼 수밖에 없었다.

그렇지만 내가 화난 이유는 김주은 기자가 보도한 뉴스 때문이 아니었다. 김주은 기자 뒤로 아주 익숙한 어떤 것이 스쳐 지나갔기 때문이었다.

그건 분명….

나는 재빨리 휴대폰을 향해 손을 뻗었다. 그러나 손이 닿기 전에 누가 내 어깨를 휙 잡아챘다.

"야, 너 부럽다."

히죽 웃으며 말을 걸어온 건 박문철이었다.

"뭐야? 이거 놔."

나는 박문철을 무시하려고 했다. 그러나 박문철은 천연덕스레 내 앞을 가로막았고, 그 주위로 마치 기다렸다는 듯 아이들이 몰려들었다.

"사람이 말하는데 어딜 가려고?"

박문철이 어깨를 툭 밀쳤고 포위망은 더 좁혀졌다. 이 분위기는 위험했다. 차라리 이 상황을 얼른 끝내 버리자 싶어 물었다.

"뭐가 부럽다는 건데?"

박문철이 그 반응을 기다렸다는 듯 이죽거렸다.

"며칠 전에 영어 쪽지 시험 너만 안 봤잖아. 선생님한테 물어보니까 그거 점수에 반영도 안 한다더라?"

"그래서 나더러 뭐 어쩌라고."

나는 다시 한번 아이들 틈에서 빠져나오려고 했다. 그러나 박문철은 나를 놓아주지 않았다. 오히려 내 어깨를 잡아 사물함 쪽으로 몰아붙였다.

"억!"

어깨에 닿은 사물함이 유난히 차갑게 느껴졌다. 숨이 조금 거칠어졌다.

사물함에 책을 넣어 놨는데. 반납일이 얼마 남지 않았을 텐데.

필사적으로 다른 생각을 하려고 애쓰는데, 비틀린 웃음을 머금은 박문철의 얼굴이 바짝 다가왔다.

"야, 있잖아. 뉴스에 나온 그, 원장이라는 사람."

내가 그 책을 다 읽었던가? 언제 빌렸더라? 이미 연체되었을 수도….

갑자기 속이 안 좋아졌다. 머리가 띵하고 잘 돌아가지 않는다. 박문철이 내 얼굴을 바라보는 게 느껴진다. 등 뒤의 사물함은 여전히 나를 단단하게 옥죈다. 입술 안쪽을 씹는 걸 멈출 수가 없다. 그걸 들킬까 봐 고개를 들 수가 없다.

"저번에 학교에 왔던 그 대머리 맞지?"

박문철이 아이들을 둘러보며 물었다. 동조하듯 아이들이 낄낄댔다.

"와, 그 아저씨 대머리였냐? 웩!"

"대머리 맞을걸?"

박문철이 자기 정수리 위에 손짓을 해 보이며 킥킥 웃었다. 그리고 다시 나를 내려다보았다. 박문철이 사물함 쪽으로 밀어 버린 어깨가 뭉개져 썩어 들어가는 것만 같았다.

"있잖아, 혹시나 해서 물어보는 건데, 너 설마 그 아저씨랑…."

코를 풀 때처럼 바람 빠지는 소리가 박문철의 코에서 나왔다. 그 순간 내 심장도 어디로 날아갔다. 김 원장은 대머리가 아니었다. 그러니까 박문철이 학교에서 봤다는 그 아저씨는 김 원장이 아니었다. 박문철의 말은 틀렸다.

그러므로 뒤에 나온 그 말도….

쿠당탕!

사물함이 요란한 소리를 내며 뒤로 밀렸다.

"야! 이 고아 새끼가…."

박문철이 휘청하며 소리를 내지르자, 주위에 있던 아이들의 흥미진진해하는 눈빛이 나를 둘러쌌다. 그 눈빛들이 박문철에게는 아주 좋은 연료가 되었다.

"너 왜 갑자기 흥분하고 그러냐? 나는 그냥 궁금해서 물어봤을 뿐인데."

"…."

"이거 흥분하는 거 보니까 역시…."

박문철의 눈이 빨갛게 빛났다.

"우엑."

박문철의 입에서 그 소리가 또박또박 나오는 순간, 나는 박문철의 얼굴에 강하게 펀치를 날렸다. 박문철이 넘어지기 전에 멱살을 틀어쥐고는 쉴 틈조차 주지 않고 주먹을 박아 넣었다. 당황한 박문철은 저항 한 번 못하고 허공에 손을 허우적댔다. 나는 박문철에게서 더는 아무 소리도 나오지 않을 때까지 주먹을 날렸다.

멱살을 틀어쥐었던 손을 놓자, 박문철이 교실 바닥에 쓰러졌다. 숨을 고르며 박문철이 일어나기를 기다렸지만, 일어나지 않았다. 아니, 일어나지 못했다.

교실은 쥐 죽은 듯 조용했다.

영화나 드라마였다면 주먹 다툼은 아마 내 승리로 끝나고 아이들은 나를 두려워했을 거다. 그러나 이건 현실이었다.

"이 새끼가 미쳤나!"

나를 둘러싸고 있던 아이들 세 명이 번뜩 정신을 차리고 주먹을 날렸다. 퍽! 얼굴로 주먹이 날아왔다. 분노한 주먹과 발이 사방팔방에서 아무렇게나 날아왔다. 한 명도 아니고 세 명이 달려들어 나를 가운데에 놓고 짓밟았다.

나는 가만히 웅크려 쏟아지는 발길질을 맞았다. 박문철에게 주먹을 날릴 때부터 떨리던 주먹이 아직도 덜덜 떨리고 있었다. 눈에서는 눈물이 주룩주룩 흘렀다. 나는 힘을 쓸 수가 없다. 저

항하고 싶어도 이미 학습된 기계처럼 나는 아무것도 할 수가 없다. 애쓴다고 달라지는 일이 아니었다.

이제 겨우 9월인데 바람이 겨울처럼 차갑게 느껴졌다. 찡한 코끝에 가을바람이 들었다. 피가 굳은 건지 코끝이 낙엽처럼 건조했다.

살짝 열린 창문으로 낙엽 하나가 아슬아슬하게 매달려 흔들리는 모습이 보였다. 부는 바람에도 어떡하든 떨어지지 않으려고 애쓰는 나뭇잎이, 결국은 바람에 떠밀려 정처 없이 허공을 맴돌다가 아무 바닥에나 뒹굴어야 하는 나뭇잎이, 꼭 나 같았다.

똑똑.

노크한 뒤 교무실 문을 열자, 담당 학급이 없는 교과목 선생님들의 놀란 눈이 일제히 나를 향했다. 젊은 과학 선생님의 눈에는 언뜻 동정하는 빛이 스쳤고, 국어 선생님은 얼굴 근육에 힘을 주고 알 만하다는 기색을 지워 냈다.

머뭇거리던 국어 선생님이 말을 붙이기 전, 내 뒤로 담임 선생님이 모습을 드러냈다. 나를 바라보는 담임 선생님 표정이 골칫덩이를 대하는 듯했다.

'선생님, 저 맞은 데가 너무 아파요.'

나오지 못한 소리가 입속에서 소용돌이처럼 맴돌았다.

　담임 선생님은 나를 교무실 가운데에 있는 자기 자리로 데려갔다. 교무실은 쥐 죽은 듯 조용했고, 선생님들의 시선은 모니터를 향해 있는데도 내게 꽂힌 것만 같았다.

　담임 선생님이 피곤한 듯 고개를 한쪽으로 기울이고 어깨를 주물렀다.

　"인마, 이런 때일수록 조용히 다녀야지. 소란 피우면 너만 더 손해라는 거 몰라? 어떤 심정일지는 알지만…."

　애초에 시비를 걸어온 사람은 박문철이었고 더 많이 맞은 사람도 나였다. 교복 군데군데 묻은 발자국이 집단 폭행의 흔적이었다. 담임 선생님은 나를 힐끗 보더니 다시 볼을 긁적이면서 입을 뗐다.

　"그래, 어떤 상황인지는 대충 알겠다. 그렇지만 적당히 넘어갈 줄도 알아야지. 네가 이러면 일이 커지기밖에 더 하겠어?"

　말을 하다 아차 싶었는지 담임 선생님이 잠깐 말을 멈췄다. 그러나 이미 나온 말을 무를 수는 없었다. 게다가 나는 그 말을 들어 버렸고, 두 번이나 들어 버린 그 말의 의미를 이제는 생각해 봐야만 하게 되었으니, 되물을 수밖에 없었다.

　"정말이에요?"

　"뭐?"

　"정말로 적당히 넘어가면 일이 안 커지느냐고요."

내 질문이 반항처럼 느껴졌는지 담임 선생님이 눈살을 찌푸렸다. 그러나 나는 정말 궁금했다. 그래서 대답을 기다렸지만, 담임 선생님은 끝내 아무런 말도 해 주지 않았다.

세상은 참 '적당히'라는 말을 좋아한다. 밥도 적당히 먹고, 운동도 적당히 하고, 적당히 알았다고 하고, 적당히 착한 아이가 되기를 바란다. 이 세상 모든 것에 '적당히'라는 이름을 붙여 그 뒤에 숨는다.

적당히. 적당히.

처음으로 '적당히'라는 말을 들었던 날이 떠오른다. 날은 더웠고, 오줌이 마려워 화장실을 가던 내게 '그'가 내 어깨를 짓누르며 속삭였다.

"적당히 넘어가렴."

적당히.

니는 그 상황이 정말로 '적당히' 넘어가도 되는 일인지 몰라 한참을 그 자리에 굳어 있었다.

그때나 지금이나 '적당히'의 의미를 어른들은 설명하지 않는다. '적당히'는 설명이 필요 없는 말이다. 그래서 다들 '적당히'라는 말을 좋아하나 보다. 그리고 나도 그때부터 '적당히'라는 말을 좋아하게 되었다.

교무실을 나오자, 가을 햇살답지 않게 쨍한 빛이 눈을 찔렀다. 담임 선생님이 오늘은 조퇴하는 게 어떻겠느냐고 제안했는데 나는 싫다고 했다. 솔직히 당장 학교 밖으로 뛰쳐나가고 싶은 마음이 굴뚝 같았지만 5교시가 컴퓨터 시간이라 꾹 참았다.

차오름보육원에서 컴퓨터를 이용할 수 있는 시간은 귀했다. 보육원 안에서 시청각실을 쓸 수 있는 시간은 저녁을 먹고 난 오후 7시에서 9시 사이뿐이었고, 그마저도 고등학생 형들이 나타나면 양보해야 했다.

어차피 보육원 컴퓨터는 사양이 달려 게임을 할 수 없었는데 왜 그리들 컴퓨터를 쓰겠다고 안달이었는지 모르겠다. 어쨌든 시청각실 앞을 수도 없이 서성이다가 결국에는 포기하고 돌아서기 일쑤였다. 차라리 구석에서 휴대폰으로 연과 게임을 하며 노는 편이 더 나았다.

그렇지만 컴퓨터를 향한 열망이 사라지는 것은 아니었다. 자라나는 청소년에게 컴퓨터는 너무 매혹적인 존재였다. 그래서 꾸역꾸역 교실로 돌아가 아이들의 눈총을 받으면서 컴퓨터 시간이 되기만을 기다렸다.

아직 담당 선생님이 오지 않은 쉬는 시간을 잘만 이용하면 컴퓨터를 자유롭게 쓸 수 있었다. 게다가 나는 꼭 해야만 하는 일이 있었다. 컴퓨터를 켜고 인터넷 창을 열자마자 익숙하고 지겨운 이름이 맨 먼저 눈에 들어왔다.

'차오름보육원'

커서를 올려놓은 채로 까만 글자 위에서 망설이다가 마우스 버튼을 클릭하자 뾰족한 화살표 끝이 차오름보육원을 콕 하고 찔렀다.

　　지난 5월, 오름시에 소재한 차오름보육원에서 아동을 상대로 한 성추행 사건이 발생했다. 원장은 해임됐으며, 시설에는 폐쇄 결정이 내려졌다.

여기까지는 전에 읽은 기사 내용의 반복이었다. 그러나 날짜가 최신으로 바뀐 기사에는 다른 내용이 덧붙어 있었다.

　　차오름보육원 김 원장(56)은 A양(10)과 B군(9)의 신체를 더듬거나 원장실로 불러 성추행하는 등의 만행을 저지른 것으로 밝혀졌다. 평소 보육원 안에서 문제를 일으킨다고 판단되는 아동을 과하게 처벌해 온 김 원장은 나이가 어린 A양과 B군에게 "예뻐서 그런다.", "비밀스러운 일이니 아무에게도 말하지 말라."고 하며 여러 차례 추행한 것으로 밝혀졌다.

　　오랫동안 이어져 온 김 원장의 만행은 학교에서 성교육을 받은 A양과 B군이 자신들이 당한 일이 '이상한 일'이었음을 깨달으면서 세상에 드러나게 되었다. 이들을 도운 사람은 보육원에 주기적으로 나가 자원봉사자로 일하던 AAN 소속 김주은 기자다. 김 기자는 앞으로도 다른 피해 사실이 없는지 밝히기 위해 자신의 본분을 다할 것임을….

기사는 김주은 기자에 관한 이야기로 마무리되었다. 사람들은 김주은 기자가 대단한 일을 했다고, 차오름보육원 사건이 세상에 알려지고 보육원이 폐쇄된 게 잘된 일이라고 말했다. 모두 잘된 일이라는데 나는 왜 이렇게 답답한 걸까.

머리가 뜨거워지고 마우스를 잡은 손이 축축해졌다. 그러나 여기서 멈출 수는 없었다. 나는 서둘러 새 창을 열어 검색창에 '김주은 기자'를 입력했다. 그리고 동영상 목록에 들어가 스크롤을 내리며 내가 원하는 것을 찾기 시작했다.

내가 조퇴하지 않은 이유. 약해 빠진 교무실 와이파이로는 볼 수 없는 동영상. 박문철이 시비를 걸기 전에 같은 반 아이가 보고 있던 바로 그 동영상을….

"몰컴 하냐?"

눈에 실핏줄이 설 정도로 열심히 모니터를 들여다보고 있을 때 박문철의 목소리가 들렸다. 나는 보던 창을 서둘러 전부 닫고 마우스에서 손을 뗐다.

"야동 봤냐? 왜? 뭔 일이 생각나서 야동이 당겼을까?"

키득대는 박문철의 입술 옆에서 반창고가 아슬아슬하게 들썩였다. 자기 무리와 함께 몰려온 박문철이 내 앞에 자리 잡고 앉았다. 삐걱대는 의자에 엉덩이를 붙이고 앉은 박문철은 보란 듯이 유튜브 채널로 들어갔다. 바삐 움직이는 커서에 동영상 한 편이 미리 준비한 듯 빠르게 재생되었다.

학교 컴퓨터에서는 소리가 나오지 않았다. 덕분에 박문철이 키득키득 숨죽여 웃는 소리만 또렷이 들렸다. 박문철의 둥그렇게 튀어나온 눈에 모니터의 네모난 화면이 사각형으로 비쳤다. 초승달처럼 휘어진 눈이 나를 휙 돌아보았다.

"재밌더라?"

잔인한 웃음이 내 머리를 꽉 옥죄었다. 눈앞이 벌겋게 흐려졌다. 박문철 뒤로 보이는 컴퓨터 화면에서 눈을 뗄 수가 없었다. 자동으로 송출되는 자막은 글자를 뒤죽박죽 아무렇게 쏟아 내고 영상은 온통 모자이크투성이였지만, 나는 동영상에 나오는 저 아이가 누군지 한눈에 알아볼 수 있었다.

하얀 건물과 삐걱대는 그네, 구식 놀이터의 정글짐, 그 뒤로 보이는 노란색 출입 금지 테이프와 빨간 목도리. 나는 아이가 움직이면서 잠깐 모자이크가 풀리는 찰나의 순간을 놓치지 않았다. 네모난 모자이크들로도 가려지지 않는 동그란 머리통을 한 아이. 연이었다.

킥킥. 다시 박문철의 웃음소리가 들려오는 순간, 내 가슴에는 뜨거운 불덩이가 절망처럼 내려앉았다.

김주은 기자

분노는 시간이 지나면 사그라든다. 주전자나 양은 냄비처럼 빠르게 끓는 건 빠르게 식는다. 그러게끔 태어나서 그럴 수밖에 없다. 나는 양은 냄비다. 분노는 언제나 내 심장을 불처럼 강하게 때리고 갔으며, 너무 세게 맞아 모든 힘을 잃고야 만다.

김주은 기자를 만나러 출발했을 때도 내 머릿속을 뜨겁게 달구던 분노는 거의 사그라든 뒤였다.

그러나 한은 분노와 다르게 시간이 지날수록 더 활활 다올랐다. 그것은 한 번 켜면 다시 스위치를 누르기 전까지 꺼지지 않는 LED 전구 같았다. 그 LED 전구가 내 가슴속에 켜켜이 쌓이고 있었다. 언제 켜졌는지도 몰랐고 다시 끌 스위치는 잃어버렸다. 그래서 그런지 내 몸은 늘 난로를 켜 놓은 것처럼 뜨끈뜨끈했다. 그 열기가 대체로 머리를 핑 돌게 했다. 그리고 그 불빛 주위로 날벌레들이 윙윙 들끓어 나를 더 어지럽게 만들었다.

김주은 기자를 만나러 가는 버스 안에서 나는 와이파이가 잡힐 때마다 동영상을 반복해 봤다. 박문철이 보여 주었던 장면을 몇 번이고 앞으로 돌려서 보고 또 봤다. 그렇게 분노를 한으로 바꿔 내 안에 꾹꾹 담았다.

처음에는 하얀색 단화가 차오름보육원 복도 안을 걸었다. 그러면서 자막과 함께 짜랑짜랑한 목소리가 나왔다.

안녕하세요, 여러분! 저는 지금 오름시에 소재한 차오름보육원에 와 있습니다.

이어지는 목소리는 아까와 달리 내레이션처럼 딱딱했다. 설명과 함께 화면이 바뀌며 보육원 안에 있는 아이들을 비추었다.

이곳 차오름보육원에서 세상을 놀라게 한 사건이 발생했는데요. 바로 보육원 아동들을 대상으로 한 학대와 성추행 사건이었습니다.

여기까지는 기사 내용과 별다를 게 없다. 차오름보육원에 입소해 있던 아이들을 인터뷰했다는 설명과 함께 몇몇 아이들이 나오고, 마지막쯤에 화면이 바뀌면서 바깥 놀이터가 나타났다. 그리고 그 앞에 앉은 조그만 아이.

연이 목에 두른 빨간 목도리가 화면을 뚫고 나올 것처럼 강렬했다.

"안녕하세요?"

연의 목소리에 김주은 기자가 "안녕." 하고 답했다.

"혹시 여기서 어떤 일이 일어났는지 알고 있니?"

이 질문에 연이 엉거주춤 일어섰다. 조막만 한 손이 목도리를 꼭 움켜잡는 모습이 보였다. 벌써 몇 번을 돌려 봤기 때문에 연의 다음 행동과 말이 모두 머릿속에 그려졌다.

"알아요."라고 대답하면 김주은 기자가 "저런, 어떻게 생각하니?"라고 묻는다. 그러면 연이 대답한다. "음… ○○ 형이랑 같이 지낼 곳이 없어져서 슬퍼요. 나는 여기 좋았는데…." '형' 앞에 나온 내 이름이 닐카로운 기계음으로 처리되고 급하게 인터뷰가 끝나면 카메라는 보육원 앞에 선 김주은 기자를 비춘다. 그리고 기다렸다는 듯 김주은 기자의 목소리가 들려온다.

"이처럼 김 원장은 아이들에게 여기가 좋은 곳이라는 인식을 심어…."

거기까지 보다가 내릴 정류장이 보여 하차 벨을 누르고 영상을 닫았다. 버스가 고래처럼 뿌우 소리를 내며 멈추자마자 나는 뛰다시피 버스에서 내렸다. 갑작스레 구토감이 밀려왔다. 마치 물속 깊이 있었던 것처럼 숨이 가쁘고 답답했다. 또다시 울고 싶어졌다. 헛구역질을 하는데 목이 아니라 코끝이 시큰해졌다.

차라리 차가운 바람이 불어 내 머릿속과 가슴을 얼어붙게 하면 좋겠다. 하나둘 마음 안에 핀 전구까지 모두 얼려 주면 좋겠다. 괴로워서 모든 걸 멈추고 싶은데, 저 순진한 아이는 그것도 모르고 좋다고 말한다. 같이 살아서 좋았다고.

연이 차오름보육원이 좋았다고 한 건 나와 함께 있어서 좋았다는 뜻이다. 그걸 김주은 기자가 몰랐을 리가 없다.

"어쩐 일로 보자고 했니?"

한참을 가로등에 머리를 박고 열을 식히다가 카페 안으로 들어가자, 김주은 기자가 태연히 다가왔다. 김주은 기자는 얼굴에 뿌듯함과 기대가 섞인 미소를 걸고 있었다. 나는 그 만족스러운 미소를 단번에 무너뜨릴 말을 알았다.

"연이를 인터뷰하셨어요?"

내 질문에 김주은 기자의 어깨가 움찔했다. 당당하던 얼굴에 당황하는 기색이 떠올랐다. 김주은 기자가 난감하다는 표정으로 살짝 웃더니 볼을 긁었다.

“응, 했지.”

김주은 기자는 변명하듯 빠르게 말을 이었다.

“연이가 동의해 줘서 짧게 했는데, 혹시 기분 나빴니?”

네, 나빴어요. 속으로 생각했지만, 말로 뱉을 수가 없었다. 나는 연의 부모도, 보호자도, 하물며 친형제도 아니었다. 연과 인터뷰하려고 김주은 기자가 내게 일일이 허락을 받을 이유는 없었다. 김주은 기자도 그 사실을 알 테다. 그러니 내게 사과도 하지 않고 저렇게 별일 아니라는 듯이 말하는 거다.

하지만 그렇다고 해서 김주은 기자의 행동이 옳았다고 생각하지는 않았다.

“다섯 살짜리 아이한테 어떻게 동의받으셨어요?”

김주은 기자는 어깨를 으쓱 올리고 찻잔을 들었다.

“왜 인터뷰하는지, 영상으로 남겨도 되는지 충분히 설명했지. 연이가 나이는 어리지만 또래답지 않게 자기 의사도 잘 표현하고 이해력도 높은 것 같던데.”

“제 말은, 영상이 그런 식으로 나간다는 데 연이가 동의했느냐는 뜻이에요.”

말이 생각보다 날카롭게 나왔다. 나는 중얼대며 설명을 덧붙였다.

“영상 내용이 저희를 도우려는 것처럼 보이진 않던데요.”

김주은 기자가 살짝 한숨을 쉬었다. 한숨을 감추려는 기색도 보이지 않았다. 김주은 기자의 눈빛은 단호했다.

"우리는 너희를 돕고 있어. 그것만큼은 분명해."

"분명하다고요?"

"그럼!"

김주은 기자가 확신한다는 듯이 고개를 끄덕였다.

그 '너희' 속에 내가 포함됐는지 궁금했다. 김주은 기자는 결의에 찬 얼굴로 말을 이었다.

"해를 가하거나 이용하려는 게 아니야. 영상이 너한테 기분 나쁘게 비쳤을 수 있다는 건 알아. 근데 우리에게 중요한 건 그 보육원에서 있었던 일을 세상에 알려서 너희가 제대로 된 보호를 받을 수 있게 하는…."

나는 내 몫으로 놓인 차를 조금 마셨다. 떨떠름한 차가 입안 전체를 씁쓸하게 했다.

"정말로, 다섯 살 아이가 한 인터뷰를 짜깁기하는 걸로 우리를 보호해 줄 수 있다고 생각하세요?"

"짜깁기라니?"

"짜깁기한 거 맞잖아요."

내가 읽은 무수한 댓글 중에는 분명 차오름보육원이 좋다고 말한 연을 바보 같다고 욕하는 글도 있었다. 더 심하게는 저렇게 모자라니 그런 일을 겪었다고…. 그런 말을 듣게 만들고 싶지 않았고, 그런 말을 듣고 싶지 않았다. 찻잔을 잡은 손이 떨렸다. 떨리는 손을 감추려고 테이블 밑으로 손을 내렸다.

김주은 기자가 한숨을 폭 내쉬고 찻잔을 둥글게 감싸 잡았다.

"네가 왜 그렇게 생각하는지는 알아. 하지만 세상에는 네가 이해할 수는 없어도 꼭 필요한, 해야 하는 일이라는 게 있어. 단순히 기사를 작성하는 게 아니라 기사가 사람들 눈에 어떻게 비칠지까지 생각하면서 작성해야 하고. 그럼으로써 여론을 우리 편으로 만드는 것도 중요해. 그래. 네 눈에는 아니꼬워 보일지 몰라도 그건 내게 중요한 일이고 또 해야 하는 일이야. 나는 내가 잘못했다고 생각하지 않아. 너희한테는 어른들의 도움이 필요하다는 생각도 달라지지 않았고."

김주은 기자의 입에서 또 '우리'라는 단어가 튀어나왔다. 과연 우리란 누구를 말하는 걸까? 차오름보육원에서 지내던 아이들과 아이들을 돌봐 주던 선생님들? 아니면 보육원을 찾아왔던 형사들?

"아이들 진심이야 내가 전부 알 수는 없지만…. 그래도 많은 아이들이 인터뷰에 동의해 줬고 자기 얘기를 하고 싶어 했어."

영상에는 연 말고도 다른 아이들이 몇 명 더 등장했다. 전부 모자이크 처리가 됐지만, 주변 사람이 보면 충분히 알아볼 수 있었다.

차오름보육원이 폐쇄되자, 아이들은 서로 다른 기관으로 뿔뿔이 흩어져야 했다. 그중에는 먼 지역의 기관으로 가게 되어 전학한 아이들도 있었다. 아이들은 낯선 곳으로 가는 게 무섭고 헤어지는 게 슬퍼 서로 부둥켜안고 울었다.

하지만 김주은 기자의 영상으로 사람들은 이제 보육원을 떠나기 싫어하는 아이들의 마음을 알기보다 아이들이 도대체 무슨 짓을 겪었기에 저 지경이 되었는지 두 눈을 빛낼 것이다.

"저기, 그래서 말인데…."

김주은 기자가 운을 뗐다. 김주은 기자가 눈을 아래로 향한 채 미소 짓자 불안한 느낌이 실바람처럼 가슴을 스쳤다.

"그 형사님을 다시 만나 보는 건 어때? 그때 명함 주고 가셨다던데, 아직 갖고 있지?"

나는 대답하지 않고 식은 차를 한입에 들이켰다. 차는 혀가 아릴 정도로 떫은맛을 퍼뜨리며 식도로 넘어갔다.

"한번 만나 보면 좋겠어. 자리는 내가 마련할 테니."

권유하는 듯하지만 단호한 말이 튀어나왔다.

딸랑.

작은 종소리와 함께 카페 문이 열렸다. 싸한 가을바람이 바짓단 아래로 드러난 발목을 훑고 지나갔다. 천천히 고개를 돌리자,

그곳에 허름한 감색 점퍼를 걸친 심주혁 형사가 있었다.

심주혁 형사는 자연스럽게 내가 있는 테이블로 왔다.

그는 나를 보고 살짝 웃더니 계산대에 가서 머그잔 두 개를 들고 돌아왔다.

"우리 전에도 봤는데 기억하지?"

"…."

"청아."

김주은 기자가 내 이름을 또박또박 불렀다. 심주혁 형사는 만화에 나올 법한 곰 아저씨 얼굴을 하고는 김주은 기자를 향해 고개를 두어 번 저어 보였다.

"제가 천천히 얘기해 보겠습니다."

심주혁 형사가 하회탈처럼 생긴 눈으로 슬쩍 출입문 쪽을 가리키자, 김주은 기자는 어쩔 수 없다는 듯 자리에서 일어났다. 떠나기 전에 김주은 기자는 가방을 뒤적여 내게 명함을 내밀었다.

"서번에 준 명함은 버렸지? 힘들게 메일로 연락하지 말고, 다음부터는 전화로 연락해. 꼭 다시 만날 일이 있으면 좋겠다."

김주은 기자가 나가는 모습을 보며 나도 가방을 챙겨 자리에서 일어났다. 김주은 기자를 다시 보고 싶은 마음도 없었지만, 심주혁 형사와는 더더욱 할 이야기가 없었다. 심주혁 형사는 일어서는 나를 잡는 대신에 머그잔 하나를 내 쪽으로 밀었다.

"마셔 봐, 맛있어."

심주혁 형사가 자신의 음료를 한 모금 마시며 말했다. 그러자 진한 초콜릿 향기가 퍼졌다. 이제 보니 심주혁 형사가 들고 온 것은 달콤한 냄새를 풍기는 코코아 두 잔이었다.

심주혁 형사가 입바람을 후 불 때마다 풍겨 오는 달콤한 향에 기운이 빠지고 말았다. 쌉쌀한 녹차로 텁텁해진 입안이 말랐다. 고민하다가 도로 자리에 앉아 코코아를 한 모금 마셨다. 달콤한 코코아가 입안을 향기롭게 만들었다.

심주혁 형사는 의자에 등을 기대고 앉아 창 쪽을 응시하고 있었다. 카페 통유리창을 타고 노을빛이 들어오고 있었다. 한 줄기 빛이 발끝에 걸칠 때까지 심주혁 형사는 코코아만 마셨다.

결국 내가 먼저 입을 열었다.

"무슨 말씀을 하시려고요?"

"그냥 궁금해서. 최근에 보육원에 다시 갔었는데 네가 없더라고. 요즘 어디서 지내고 있니?"

심주혁 형사가 나른하게 카페 안을 둘러보았다. 나는 한동안 테이블만 내려봤다.

심주혁 형사가 정말로 내가 어디에서 지내는지 궁금해 찾아왔다고는 생각하지 않았다. 그렇지만 그 뒤로 나에게 어디에서 지내는지 물어봐 주는 사람은 이제껏 없었다. 그래서 마음이 조금 약해진 게 분명했다.

"진짜 궁금한 건 따로 있잖아요."

테이블을 내려본 채 중얼거리자, 심주혁 형사가 피식 웃고는 바로 본론을 꺼냈다.

"그래. 사실은 네 도움이 좀 필요해서 찾아왔어."

"뭔데요?"

"좀 복잡한 얘기지만…. 아동 사건의 경우에는 피해 아동의 나이가 너무 어리면 증언만으로 법정 싸움을 하는 데 한계가 있거든. 시간이 흘러서 그런지 실제 증언 과정에서 아이들 말이 여러 번 바뀌기도 했고. 그래서 그 아이들보다 나이 많은 네가 증언을 좀 해 주면 어떨까 하는데."

나는 침을 삼켜 목구멍에 남은 코코아 찌꺼기를 넘겼다.

"증거가 부족한 이런 상황에서는 김 원장이 솜방망이 처벌만 받는, 참 별로인 결과로 끝날 수도 있거든. 여러 사람의 모든 노력이 쓸모없어지는 거지."

심주혁 형사가 팔짱을 끼고 나를 바라보았다. 모든 노력이 쓸모없어지는 것. 그건 내가 바라던 일이기도 했다. 만약 그렇게 된다면 차오름보육원이 다시 문을 열 수도 있을 테니까.

"…"

벌써 저녁 시간이 넘어 해가 분홍빛으로 지고 있었다. 점점 붉게 물들어 가는 노을이 카페 통유리창에 가득 찼다. 문득 이 광경을 연과 함께 보면 좋았을 것 같다는 생각이 들었다.

"그래서 나는 네가 꼭 증언해 주면 좋겠어."

노을 사이로 한 줄기 햇살이 반짝였다.

심주혁 형사가 느릿느릿한 말투로, 그러나 단호하게 입을 열었다.

"너, 사실은 모든 일을 알고 있잖아."

나는 앞에 놓인 머그잔을 손끝으로 건드렸다. 달큼하던 코코아가 다 식었다. 거칠고 질척한 코코아의 이물감만이 이 안쪽과 혓바닥에 잔뜩 달라붙었다.

고개를 돌려 창밖을 바라보았다. 해가 거의 저물고 있었다. 마치 하늘에 코코아 한 방울을 떨어뜨린 것처럼.

나는 다급히 자리에서 일어났다.

"그만 가야겠어요."

나는 얼른 가방을 챙겨 들고 도망치듯 카페를 나왔다.

초대받지 않은 손님

누구든 잘못은 얼른 바로잡을수록 좋다는 것을 안다. 그러나 두려워서 쉽사리 실행하지 못한다. 어떤 때는 잘못을 바로잡으려다가 더 큰 잘못을 만들기도 하고, 결국에는 돌이킬 수 없는 태풍을 일으키기도 한다. 그리고 마침내 태풍이 몰려오면 문을 닫아걸고 집 안에 꼭꼭 숨는다.

그럼 이제 안전하다.

"봐 봐. 안 다쳤어?"

"응."

"이런 일 있으면 형한테 바로 말하라고 했잖아."

"말하려고 했어. 근데 한솔이 형이 숨기자고 했단 말이야."

연이 다치지 않은 손으로 한솔을 가리켰다. 나와 눈이 마주치자, 한솔이 꽁지 빠지게 도망갔다.

연은 '행복한 우리 집'에 생각보다 잘 적응했다. 아이들과 지내는 게 아직 어색한 나보다 빨랐다. 연은 한솔, 석수와 보드게임을 하거나 간식을 나눠 먹으며 곧잘 어울렸고 전보다 밝게 웃는 날이 많아졌다.

"너무 친하게 지내지는 마."

괜한 마음에 이렇게 말했더니, 연이 입술을 삐죽였다.

"형, 질투 나서 그러지?"

"여기에 얼마나 있을지 모르니까, 그냥 뭐든 깊게 빠지지 말라고 하는 얘기야."

"깊게?"

"응. 그러니까 가볍게, 조금만 생각하라고. 알았어?"

연이 내 말을 이해하지 못하겠다는 듯 고개를 갸웃했다. 그러고는 곰곰 생각하더니 장난스럽게 혓바닥을 쏙 내밀었다.

"질투 나는 거 아니라고는 안 한대요!"

이렇게 말하고 연은 후다닥 한솔에게로 뛰어갔다.

✱

달력의 가을은 길어 보였는데 현실의 가을은 짧다. 어떤 날은 파란 하늘을 자랑하다가도 어떤 날은 한겨울처럼 회색 하늘이 세상을 뒤덮었다.

그룹홈 사람들의 옷차림은 점점 도톰해졌고, 자고 일어나면 서늘한 날이 잦아졌다.

영화 원장님이 그룹홈 아이들을 한자리에 모았다. 그러고는 곧 추석이니 다 함께 송편을 빚고 명절 음식을 만들어 볼 계획이라고 말했다.

팥소와 콩소를 넣은 송편, 맛살과 햄과 파를 끼운 산적에 고구마전. 아이들이 선생님들과 함께 마트에서 장을 보고 거실에 둘러앉아 각자 맡은 명절 음식을 만들기로 했다.

한솔은 좋다며 석수와 세현을 데리고 장 보는 데 따라갔고, 나와 연은 둘이 꼭 붙어서 송편 빚을 반죽을 했다.

한솔은 대놓고 티 내지는 않았지만, 다 같이 모여 앉은 게 즐거웠나 보다. 마트에서 돌아와 전을 부치는 얼굴에 연신 웃음꽃이 피어 있었다.

문제는 조그만 칠깍 소리에서 시작되었다.

"지금 제 사진 찍으셨어요?"

전을 뒤집다 말고 한솔이 검은 테 안경을 쓴 젊은 선생님에게 도끼눈을 떴다. 젊은 선생님은 당황하며 영화 원장님 쪽으로 시선을 돌릴 뿐 대답하지 않았다. 한솔의 눈매가 더욱 사나워졌다.

"지금 제 사진 찍으셨냐고요."

한솔이 또다시 물었다. 그제야 젊은 선생님이 변명하듯이 더듬더듬 입을 열었다.

"어, 우리 홈페이지에 올리려고…."

젊은 선생님은 곤란해하며 한솔과 영화 원장님을 번갈아 바라보았다.

"시발."

한솔의 분노가 아무도 예상하지 못한 순간에 터져 나왔다. 작지만 모두 들을 수 있을 정도였다. 젊은 선생님의 얼굴은 삽시간에 벌게졌고, 다른 선생님들도 심상치 않은 분위기를 직감하고 눈빛을 주고받았다.

"너, 지금 나한테 뭐라고 했니?"

가만히 있으면 좀 나았을걸. 젊은 선생님은 상처 난 자존심을 회복하기 위해 기어코 한마디 했는데, 그 말이 한솔의 분노에 기름을 부었다.

"왜요? 시발이라고 했는데요?"

"뭐?"

"그쪽이 허락도 없이 남의 사진 찍었잖아요. 먼저 욕먹을 짓한 거 아니에요? 그러게 왜 남의 사진을 멋대로 찍고 지랄인데요!"

"정한솔!"

영화 원장님이 뒤늦게 한솔의 이름을 부르며 몸을 일으켰다. 그러나 이미 소용없었다.

"시발!"

아까보다 크게 외친 한솔이 손에 들고 있던 산적을 바닥에 내동댕이쳤다. 그러고는 연의 귀를 막고 있는 나부터 무표정한 얼굴의 석수, 겁먹은 세현, 눈을 찌푸린 영화 원장님과 보조 선생님 두 명을 바라보고 마지막으로 젊은 선생님 얼굴을 부리부리한 눈으로 노려보았다.

젊은 선생님은 갑작스럽고 무지막지한 한솔의 기세에 당황한 듯했다. 나라도 그랬을 거다. 그만큼 한솔의 분노는 난데없고 충동적이었다.

나는 낮은 목소리로 말했다.

"정한솔, 그만해."

"좆까, 새끼야. 왜 아는 척하고 지랄이야. 이런 거 하고 있으니까 진짜 가족이라도 된 것 같고 그러냐?"

"가족 아닌 거 알아."

나는 연의 귀를 더 꾹 틀어막으며 차분히 말했다. 그러자 한솔이 눈썹을 잔뜩 찌푸렸다.

"근데 왜 나서고 지랄인데."

"가족이 아니니까."

그게 무슨 소리냐는 듯 한솔의 콧잔등이 일그러졌다. 나는 한솔과 상반되는 덤덤한 목소리로 입을 열었다.

"여기서도 쫓겨나기 싫으면 그만해."

"뭐? 이 재수 없는 새끼가! 난 쫓겨, 쫓겨난 거…!"

"정한솔."

탁!

가볍지만 단호하게 테이블 두드리는 소리와 함께 영화 원장님이 미간을 찡그린 얼굴을 들었다. 영화 원장님이 한솔에게 무언의 경고를 보내고 있었다. 한솔이 어깨에 바짝 들어갔던 힘을 뺐다. 독기가 어렸던 한솔의 눈에서 서서히 분노가 희미해지고 있었다. 한솔과 내 시선이 허공에서 닿았다. 두 시선이 우리만 알 수 있는 주파수로 일렁였다. 순간 한솔이 피식 웃더니 고개를 끄덕였다.

"그래."

"…"

"그렇지."

한솔이 영화 원장님에게 눈을 돌렸다. 여전히 당황해하는 젊은 선생님에게도.

"괜히 소란 피워서 죄송했습니다."

한솔은 고개를 꾸벅 숙이며 사과했지만, 분위기는 오히려 더

어색해졌다. 그 분위기는 추석 음식의 열기에도 한참이나 풀어
질 줄 몰랐다.

“왜 그랬냐?”

방에 들어와 휴대폰을 꺼내던 한솔이 슬쩍 나를 돌아보았다.
나는 연의 코에 묻은 반죽을 닦아 주며 한솔을 보았다. 또 화내
려나 생각하는데 한솔이 풀 죽은 목소리로 말했다.

“넌 없냐?”

“뭐가?”

“학교 애들이 인터넷에 올라온 사진 보고 놀린 적.”

한솔의 아래턱이 미세하게 떨렸다. 눈시울은 분노 때문인지,
창피함 때문인지 붉게 달아올랐다.

“내가 보육원 사는 거 어차피 애들 다 알아. 학교에서도 가끔
운동회나 학예회 사진 찍어서 올리잖아? 그냥 그거랑 비슷한 거
라고 생각하는 게 마음 편해.”

물론 그렇다고 해서 정말 마음이 편한 건 아니다. 그냥 그렇게
생각하는 거지. 대답하는 나도 이런 말이 위로가 되지 않는다는
것쯤은 잘 알고 있다.

한솔이 피식 웃었다. 그러고는 다리를 끌어모아 팔로 감싸고
앉았다. 한솔은 손끝에 말라붙은 하얀 반죽을 긁어냈다.

“그렇긴 하지만, 집에서 하는 일을 일일이 찍어 올리지는 않잖아. 그건 정말 너무….”

“….”

“이상하잖아.”

한솔이 미간을 검지와 중지로 몇 번 쓸었다. 미간에 진 주름이 손길을 따라서 쫙쫙 펴졌다.

연이 짐짓 심각한 얼굴로 나를 올려봤다. 나는 별일 아니라는 듯 살짝 웃으며 연의 볼을 쓰다듬어 주었다.

한솔이 무슨 말을 하려는지 안다. 사람들은 일상을 공유하기 위해 SNS에 온갖 사진을 올린다. 당연히 가족과 함께 있는 사진을 올리기도 한다. 하지만 그것과 이 경우는 전혀 달랐다. 자발적으로 올리는 사진과 활동을 증명하려고 찍는 사진이 다르다는 건 분명했다.

“우리가 비일상적이라고 대놓고 드러내는 것 같잖아.”

나는 다시 연의 귀를 막고 단호하게 말했다.

“우리는 비일상적이야.”

“….”

“그리고 여긴 집도 아니고.”

내 말에 한솔이 피식 웃었다.

“하긴, 오늘이 진짜 추석도 아니지.”

나는 동의한다는 의미로 그리고 약간의 위로를 담아 고개를 끄덕였다. 한솔의 말처럼 오늘은 진짜 추석도 아니었다. 진짜 추석에는 선생님들도 가족과 함께 시간을 보내야 할 테니, 추석 아닌 날에 가족이 아닌 사람과 음식 만드는 '활동'을 진짜 추석에 할 수 있을 리 없었다. 그저 잘 짜인 연극에 적당히 즐기지 못한 사람만 바보가 되는 것이다.

그날 저녁. 한솔의 행동 탓에 예정된 활동은 끝이겠거니 했는데 영화 원장님이 방문을 두드렸다. 한솔과 석수는 휴대폰으로 모바일 게임을 하고 있었고, 연과 나는 이불 속에 누워 세현과 함께 어린이 만화를 보고 있었다.

아무도 고개를 들어 문 쪽을 보거나 들어와도 좋다고 말하지 않았다. 몇 초 뒤에 문이 열렸지만, 나는 그때까지도 만화 속에서 파란 늑대가 양을 지켜 주겠답시고 난리 피우는 장면을 보고 있었디.

"청아."

파란 늑대가 눈물을 흘리는 '크어엉' 소리 사이로 내 이름이 들려왔다. 나는 고개를 들어 문가에 선 영화 원장님을 보았다. 연도 나를 따라 그쪽으로 고개를 돌렸다.

영화 원장님은 내게 조용히 손짓했다.

‘이리로. 잠깐.’

영화 원장님의 입이 좌우로 움직이며 소리 없이 말하고 있었다. 내가 알아듣지 못했다고 생각했는지 영화 원장님이 몇 번 더 입꼬리를 잡아당겨 ‘이리, 이리.’라고 말했다. 그러고는 부산스럽게 손까지 흔들었다. 내가 고개를 끄덕이자, 그제야 영화 원장님이 손짓을 멈췄다.

나는 옆에 누운 연을 돌아보았다. 형광등에 반짝반짝 눈이 빛나는 것이 따라가고 싶은 기색이었다.

“형, 나도 가면 안 돼?”

역시나 연이 졸랐다. 내가 다시 영화 원장님을 보자, 영화 원장님이 고개를 가로저었다.

“다음에.”

“으응, 싫은데.”

연이 입술을 삐죽였다.

“영화 원장님이 형이랑 얘기할 게 있나 봐. 졸리면 먼저 자고 있어.”

“아니야. 기다릴래.”

연이 볼멘소리로 중얼거렸다. 나는 알겠다고 말하고는 슬쩍 방을 나왔다.

영화 원장님은 나를 사무실로 데려갔다. 그룹홈 안에 따로 사무실이 있는 건 아니고, 책을 읽거나 숙제할 때가 아니면 쓰지 않는 책상과 책꽂이만 있는 방이다. 가끔 선생님들이 쉬거나 일할 때, 또는 손님들을 맞이할 때 이용하는 공간이다.

영화 원장님이 사무실 앞에 서서 손잡이를 잡고 잠시 망설이더니 몸을 휙 돌려 문을 등지고 섰다.

"청아."

"네? 왜요?"

왠지 불안했다. 내가 정색하고 바라보자, 영화 원장님이 억지웃음을 지었다. 영화 원장님의 눈썹이 아래로 처졌다.

"음, 어떻게 말을 꺼내야 할지 모르겠는데…."

영화 원장님이 짧은 머리칼을 귀 뒤로 넘기며 닫혀 있는 사무실 문을 돌아보았다.

"안에 손님이 와 계셔."

"손님이요?"

"응. 네 손님."

"절 찾아올 사람은 없는데요."

순간 김 원장이 떠올랐다. 설마…. 조사받는 중인 사람이 나를 찾아올 수 있을 리 없는데도 불길한 느낌이 들었다. 나는 한 발짝 뒤로 물러섰다.

"그게 말이야, 누가 왔냐면…."

“누군지는 몰라도 만나기 싫어요. 원장님께서 그냥 돌아가라
고 전해 주세요.”

나도 모르게 목소리가 사납게 나왔다.

그런데 왠지 영화 원장님의 표정이 이상했다. 곤란해하는 것
같기도, 좋아하는 것 같기도 했다. 이상하다는 듯 바라보자, 영
화 원장님이 서둘러 손잡이를 돌리려 했다.

“나쁜 손님은 아니야. 다만 어떻게 말해야 할지….”

영화 원장님은 다시 문손잡이에서 손을 떼고는 입을 꾹 닫아
버렸다. 도대체 누가 와 있길래 이러는 걸까. 이제는 조금 답답
해질 지경이었다.

“누군데요?”

영화 원장님이 살짝 웃었다. 그러고는 다시 문손잡이를 단단
히 잡았다.

“너를 애타게 기다리는 손님.”

“그러니까 그게….”

영화 원장님이 마른침을 삼키며 아무 말없이 슬쩍 문을 밀었
다. 이제는 네가 직접 확인해 보라는 듯.

선물

가끔 있었다. 보육원에 맡긴 아이를 부모가 찾으러 오는 일이.

"샛별반에서 사라진 걔 말이야, 아빠가 데려간 거래."

보육원 안에서는 낮의 새와 밤의 쥐처럼 숨죽인 목소리가 들려왔다. 그러나 소문은 언제나 그러듯 실체 없이 아이들 사이를 이리저리 오갔다.

소문의 진위를 확신하는 사람은 아무도 없었다. 누구는 입양된 거라 했고 또 누구는 밤새 보육원에서 도망친 거라 했다. 하굣길에 샛별반 아이가 누더기 차림으로 구걸하는 모습을 봤다고 과장된 몸짓을 섞어 말한 아이도 있었다.

그러나 아무리 많은 말이 오갔어도 그중에 정답은 없었다. 그것은 그저 보육원 안을 떠도는 소소한 도시 괴담에 불과했다. 아이들 사이에서 유행하던 '이해하면 무서운 이야기'처럼 자극적이지만, 어느 누구도 진짜 결말을 모르는 채로 잊히는 그런 이야기 말이다.

어쩌면 정답을 꽤 손쉽게 알아낼 수도 있을 거다. 보육원 선생님에게 넌지시 물어볼 수도 있고, 떠나간 아이가 남긴 연락처로 연락해 볼 수도 있으니까.

그럼에도 아이들은 정확한 답을 알아내는 대신에 상상력을 부풀린다. 그건 아마도 소문 한편에 존재하는 '부모님이 데려갔다.'라는 이야기를 진실로 믿고 싶기 때문일 것이다.

우리는 모두 바라고 있었다. 보육원에 맡긴 아이를 부모가 찾으러 오는 일이 전설 속 보물섬처럼 어디엔가는 분명히 존재할 거라고.

꿀꺽. 마른침이 넘어갔다. 사무실 안이 하도 조용해서 내 목울대의 움직임이 생생하게 느껴질 정도였다. 앞에 놓인 오렌지 주스는 한 번 들이켠 후로는 손도 대지 않았다. 그런데도 남은 오렌지 주스가 끈끈하게 온몸을 휘감고 있었다. 나는 꼼짝도 할 수 없었다.

무거운 침묵 속에 주스 잔에서 투명한 물방울이 또르르 흘러내리는 동시에 구슬 같은 목소리가 들렸다.

"많이 컸구나."

투명한 물방울이 힘겹게 떨어져 나와 꽉 막힌 배수관을 터뜨리는 것 같은 그런 목소리였다. 그 한 마디에 많은 감정이 담겨 있었다.

나는 앉은 채로 말없이 몸을 틀었다. 무슨 말을 해야 할지 알 수 없었다. 굽은 허리를 바로 펴고 팔을 움직여 봤다. 왠지 손가락 끝이 저릿저릿해서 꾹꾹 매만졌다.

"보고… 싶었는데."

내가 부산스럽게 움직이는 소리 사이로 목소리가 이어졌다.

"이런 말을 할 자격조차 없는 것 같아서 차마 찾아가지도, 연락하지도 못했어. 미안해. 근데 기사를 보니 도저히 가만있을 수가 없어서…."

이 말을 마치자마자 여자가 울음을 터뜨렸다. 내내 막혀 있던 관이 무심코 찔러 넣은 막대기 하나에 뚫리듯 한번 터지기 시작한 눈물샘에서는 쉴 새 없이 눈물이 흘렀다. 그러고는 저 작은 놈이 그 많은 소리를 이렇게 참고 있었나 싶을 정도로 많은 소리가 나왔다.

훌쩍, 쿨쩍, 미안해. 킁, 어떻게, 지냈니. 있잖아. 정말 미안해. 청아. 엄마가….

나는 입술을 잘근잘근 씹으며 침묵했고, 여자는 내내 말을 쏟아 냈다. 말하는 중간중간 눈물을 훔치면서도 계속해서 말했다.

끊길 듯 끊기지 않는 말이 울음소리와 함께 이어졌다.

　여자가 나를 낳은 건 스무 살 때라고 한다.
　요즘에는 어린 나이에 사고 치는 아이들이 많고, 예전보다 생각이 유연해져서 별문제 없이 넘어갔을지도 모르는 일을 그때는 세상이 무너지는 일처럼 여겼다고 했다. 남자는 입영을 신청했던 터라 그길로 군대에 가 버렸고, 여자의 부모는 목소리를 높였다.
　"그렇게 네 멋대로 살겠다면 우린 앞으로 네 꼴 안 보련다."
　꽃피는 스무 살. 남들은 벚꽃이 만개한 대학 캠퍼스를 거닐며 축제에서 처음 맛본 술의 알싸함에 취할 때 여자는 아무도 등 떠밀지 않은 외로움의 알싸함에 정신을 못 차렸다.
　"그때는 그저 널 포기하고 싶지 않았어. 남들은 멋모르는 젊음의 치기라고 했지만, 너는 태동이 심했거든. 어떤 태아는 너무 조용해서 배 속에서 잘 크고 있나 걱정할 정도라던데, 너는 정말 쉬지 않고 움직였어. 마치 나 여기 있다고 외치는 것처럼. 살려 달라고 발버둥 치는 것처럼…. 그렇게 움직이는데 내가 어떻게 포기할 수 있겠어."
　여자가 지금은 홀쭉해진 배로 시선을 내리며 물기 섞인 웃음을 지었다.

처음에는 이겨 낼 수 있으리라고 생각했단다. 그러나 현실의 벽은 너무나도 빨리 다가왔다. 합격한 대학에는 2년 동안 출산 휴학을 신청해 두었다. 그런데 아이를 낳으면 끝일 줄 알았던 문제들이 연달아 터졌다. 어른들 말처럼 아이는 낳고 끝이 아니라 낳고 시작이었다.

남자는 제대 후에 우여곡절을 거쳐 남편이 되긴 했는데, 제 앞길을 막았다는 원망을 여자와 핏덩이 같은 자식에게 쏟아 냈다. 여자는 자기가 학업을 마무리 지을 수 있게 협조해 달라고 했지만 남자 생각은 달랐다. 부모로서 같이 돈을 벌어야만 한다는 거였다.

결국 여자는 '강주혜'로 남을 수 있던 마지막 세상마저 스스로 끊어 내야 했다. 연신 휴학을 하면서도 끝끝내 움켜쥐고 있던 대학을 제 손으로 놓으며 여자는 오로지 엄마로만 살아가기로 다짐했다.

그런데 여자가 육아에 전념하기로 마음먹은 뒤에도 남자는 영 가정에 집중하지 못했다. 연이은 취업 실패의 원인을 남자는 철없는 날의 사고 탓으로 돌렸다. 행복할 줄 알았던 결혼 생활은 점점 의미를 잃어 갔다. 스물여섯, 서른도 되지 않은 여자의 인생이었다.

그런 와중에도 아이는 무럭무럭 잘 자랐다. 이유식에서 쌀밥

으로, 겨우 먹던 반 공기에서 이제 한 공기를 딱 채워 먹게 되었
을 무렵, 아이에게 쌀밥 한 공기를 도저히 채워 줄 수 없을 때가
돼서야 여자는 자신의 선택이 잘못된 것이었을지도 모른다는
생각을 했다. 어쩌면 그렇게 생각하고 싶었는지도 몰랐다.

이것이 여자가 눈물을 삼켜 가며 열렬히 들려준 이야기의 결
말이었다.

“엄마가 미안해. 미안해, 정말 미안해, 청아.”

나무껍질처럼 거친 손이 조심조심 다가와 내 손등을 어루만
졌다. 울퉁불퉁 일어난 거스러미가 내 손끝에 걸려 찢길까 걱정
됐다. 여자는 그런 내 마음도 모르고 줄줄 말을 쏟아 냈다.

“이제 와서 염치없는 말이라는 건 알지만, 괜찮다면 엄마랑
같이 살지 않을래? 아니, 엄마랑 같이 살자.”

그러고는 그렇게 시끄럽던 말소리가 뚝 멎었다.

사무실 안이 놀랍도록 조용해졌다. 마치 처음의 침묵 속으로
들어간 것처럼. 숨이 막혔다. 아까부터 계속 마른침을 꿀꺽꿀꺽
삼키고 있었는데 이상하게도 점점 더 목이 조여 왔다.

✳

엄마를 다시 만난다면.

이런 상상을 해 보지 않은 건 아니었다. 지금보다 훨씬 어렸을 때는 더 자주 했다. 특히 불을 다 끈 보육원 2층 침대에 누워 가만히 손 뻗으면 닿을 듯한 천장을 바라볼 때는 상상의 나래가 펼쳐졌다.

지금 여기가 보육원이 아니라면? 엄마와 캠핑을 온 곳이라면? 여기가 나 말고 다른 아이들은 함부로 들어올 수 없는 나만의 방이라면?

보육원에서의 내 삶은 언제나 멈춰진 영화였다. 다시 재생될 날만 기다리며 그저 멈춰 있었다.

그런 생각을 하다 보면 자연스레 엄마를 원망하게 되었다. 엄마가 어디서 어떻게 사는 줄도 모르는데 나 혼자 울다가, 화내다가, 애원하다가…. 결국에는 그 모든 일이 무의미해졌다.

올라가지 않으면 떨어질 일도 없다. 기대하지 않으면 실망할 일도 없다. 애초에 내 영화는 보육원에 온 순간 완결 지어졌을지도 모른다. '9월에 태어난 아이가 어느 날 보육원에 버려졌습니다.' 거기서 끝. 그게 아니라면 대단한 망작인 거다. 더는 결말을 위해 재생하고 싶지 않을 만큼. 그냥 이대로 멈추는 편이 낫다고 여겨질 만큼. 아무런 기대도 되지 않는.

엄마라는 여자를 다시 만난 날, 나는 차마 엄마에게 욕할 수도, 때릴 수도, 그렇다고 품에 안겨 울 수도 없었다. 겨우 손 하나 잡혔을 뿐인데도 달아서 토할 것 같은 사탕을 집어삼킨 듯이 소름 끼쳤다.

기분이 좋으면서도 더러웠다. 걷잡을 수 없는 폭풍이 나를 휘감았다.

생각할 시간이 필요하다고 말한 내게 영화 원장님은 그래도 된다고 했다. 내가 원하지 않으면 여기서 더 지내도 된다고. 하지만 엄마에게 한 번만 더 기회를 줄 수 없겠느냐고 덧붙였다.

현관에서 해진 구두를 신는 엄마를 지켜보는데 기분이 이상했다. 몸이 당장 현관으로 향할 것 같았다. 무릎이 움찔움찔 앞으로 꺾였다. 저 문을 나가면 엄마가 다시 돌아오지 않을지도 모른다는 생각이 나를 초조하게 만들었다.

그러다가도 또 눈을 질끈 감으면 마음속에 불길이 일었다. 알 수 없는 대상을 향해 분노가 치밀었다가 숨통이 꽉 막히는 억울함에 몸이 얼어붙었다.

날 왜 낳았을까? 버릴 거면 처음부터 낳지 말지. 나는 정말 태어나고 싶지 않았다. 자기 욕심 때문에 낳아 놓고, 버려 놓고, 이제 와서 또다시 자기 마음대로 내 인생을 결정하려 들었다. 나를 정말로 그렇게 걱정했다면, 정말로 사랑했다면…. 버리지는 말았어야지. 나는 함께하지 못한 순간들이 이렇게나 아깝고 억울한데 엄마는 그렇지 않은 걸까.

밤새 나를 괴롭히는 생각을 이어 가다가 눈물이 핑 돌아 도리질로 떨쳐 내기를 거듭했다. 그런 지옥을 지나 아침이 왔다.

주말인데도 연은 아홉 시가 되기 전에 눈을 떴다. 밤새 잠 못 이룬 나도 방금 깬 것처럼 기지개를 켜며 몸을 일으켰다. 연은 졸음을 떨치지 못한 눈으로 배시시 웃으며 내 허리를 껴안았다.

"형, 어제 원장님이 왜 불렀어?"

연의 물음에 내 심장이 쿵 울렸다.

"별일 아니야."

아무렇지 않은 척 고개를 젓자, 연의 둥근 눈이 깜빡였다. 그러나 내가 싱긋 웃어 주자 금방 따라 웃었다.

"형, 우리 오늘 도서관 가자!"

"도서관?"

내 말에 연의 눈이 구겨졌다가 잠시 뒤에는 볼까지 빵빵하게 부풀어 올랐다. 연이 내 허리를 휙 놓고 상체를 벌떡 일으켰다. 연의 눈에 불만이 가득했다.

"그래, 가자!"

나는 머리카락이 휘날릴 정도로 힘차게 고개를 끄덕였다. 결국 아침을 먹기 전에 영화 원장님에게 외출 허락을 받아야 했다.

학교 근처 시립 도서관은 또래 다른 아이들에게는 별로 재미있는 장소가 아니었다. 그러나 연과 나에게는 둘도 없는 놀이터였다. 무슨무슨 기관과 협회에서 2관왕을 차지했다는 4층 규모의 시립 도서관은 놀거리가 많았는데, 그에 비해 드나드는 사람은 별로 없었기 때문이다.

1층에는 어린이 서고가 있고, 2층에는 종합 자료실과 디지털 자료실이, 3층에는 열람실과 프로그램실이 있었다. 그리고 4층에는 도서관 직원이 근무하는 사무실과 휴게실, 하늘정원이 있었다.

연과 내 마음을 사로잡은 것은 디지털 자료실이었다. 커다란 브라운관이 있는 DVD 자리부터 스무 대가 넘는 컴퓨터까지 갖춘 디지털 자료실은 우리의 눈을 빛나게 하기에 충분했다. 그래서 우리는 할 일 없는 주말이면 도서관에 가서 컴퓨터도 하고 DVD도 보며 시간을 보내곤 했다.

"형, 컴퓨터 쓸 거지?"

자리를 예약하는 컴퓨터 앞으로 득달같이 달려간 연이 까치발을 딛고 말했다.

"오랜만에 DVD 볼까? 새로 들어온 게 있나?"

나는 연의 뒤로 가서 DVD가 정리된 진열장 쪽으로 슬쩍 떠밀었다.

"형, 컴퓨터 안 해? 주말에 컴퓨터 하자고 그랬잖아."

"그랬나…."

가만 생각해 보니 휴대폰을 만지작거리며 그렇게 투덜댄 적이 있었다. 작은 휴대폰 화면으로는 만약 그룹홈을 떠나게 됐을 때 연과 함께 지낼 다른 보육원이나 아동 보호 시설을 찾아보기가 어려웠기 때문이다.

그땐… 그랬는데….

나는 괜히 볼을 붉적였다. 그러자 연이 이상하다는 얼굴을 했다. 나는 다시 연을 DVD 진열장 쪽으로 밀었다.

"오늘은 그냥 DVD나 보자. 컴퓨터는 저번에 학교에서 썼거든."

나는 얼른 변명했다. 가을의 건조함 탓인지 입술이 말랐다. 혀로 마른 입술에 침을 묻혔다. 왜 갑자기 목이 간지럽고 손바닥이 축축해지는지 모르겠다. 나는 연이 볼멘소리라도 뱉을세라 바로 DVD 하나를 빼서 살피는 척했다.

"만화 영화 볼까?"

"정말 컴퓨터 안 해?"

"응."

"찾아봐야 한다고 했던 거 벌써 찾았어?"

"응, 뭐. 그렇…지?"

나는 고개를 끄덕이고 시선을 피했다.

연에게 한 말과 달리 나는 우리가 함께 지낼 수 있는 곳을 찾아내지 못했다. 공동생활 가정인 그룹홈에는 보육원과 비슷한 규정이 있었다. '행복한 우리 집' 홈페이지에는 18세가 되면 퇴소해야 한다고, 필요할 경우 연장해 지낼 수 있지만 정원이 꽉 차지 않은 경우에 한해서 상담 후 결정한다고 적혀 있었다.

열여덟 살이 되면 어떻게 해야 하는 건지, 줄곧 연과 그룹홈에 있어도 되는 건지…. 아무것도 해결된 게 없었다.

골치가 지끈거렸다. 누가 뇌에다 벌레라도 풀어놓은 기분이었다. 차라리 아무 생각도 하지 못했으면. 나는 눈으로 DVD 케이스를 건성건성 훑었다.

그때 연이 다가와 손을 잡고는 채근하듯 살짝 흔들었다.

"형, 어디 아파?"

걱정해 주는 말간 눈동자가 무거웠다. 나는 괜히 진열장에서 DVD만 뺐다 넣었다 했다.

"아니. 뭐 보고 싶은 거 있어? 새로 나온 만화 영화도 있네."

"응."

색감이 화려한 DVD 케이스를 보여 주자 연의 관심은 곧 DVD로 쏠렸다. 연은 신작 DVD가 꽂힌 진열장 앞에 서서 골똘히 생각에 잠겼다. 나는 옆에 서서 DVD를 고르는 연의 동그란 머리통을 내려보았다.

'만약 내가 엄마하고 살면 연은 어떻게 될까?'

차오름보육원은 폐쇄되었다. 오름시에 있는 보육원은 정원이 꽉 차서 함께 지내던 아이들마저 다른 지역 보육원으로 보내진 판국이다. 기간 제한이 있는 그룹홈도 안심할 수 없다. 그런데도 희한하게 내 마음은 예전만큼 초조하지 않았다.

만약 내가 떠난다면…. 오름시에서 먼 곳으로 보내진 다른 아이들처럼 연도 결국 그렇게 될까?

왜 하필, 왜 하필 지금일까?

나도 모르게 나오는 한숨을 부랴부랴 틀어막았다.

DVD를 고르는 연의 표정은 퍽 진지했다. 덩달아 나도 진지해졌다. 로맨스, 가족 드라마, 개그, 추리. 다채로운 DVD 케이스들은 내 인생과 달라 보였다. 내 인생에는 스스로 선택할 수 있는 로맨스도, 가족 드라마도, 개그도, 추리도 없었으니까.

"이거 진짜 재미없어."

본 영화를 또 보는 것을 좋아하는 연이 오랜만에 새로운 DVD를 보다가 뱉은 감상이었다. 연은 쓴 약을 먹은 듯이 인상을 찡그렸다.

붉은 피가 화면 가득 잡히자, 연의 인상이 와락 구겨졌다. 확실히 다섯 살짜리 꼬맹이와 볼 만한 영화는 아니었다. 하지만 나는 전원을 끌 생각조차 하지 못한 채 멍하니 바라보고만 있었다.

눈앞에서 어떤 내용이 전개되고 있는지도 알아차리지 못했다.

남한 형사와 우정을 쌓던 북한 간첩이 자신의 안위 때문에 형사를 배신하는 순간부터, 아니 북한 간첩이 상관에게서 형사를 함정에 빠뜨리라고 협박받는 장면부터 머릿속에 돌이 들어찬 듯한 기분이 들었다. 돌덩이가 머리를 누르고 몸을 누르고 가슴팍을 눌렀다. 몸 전체가 돌이 된 것처럼 움직이지 않았다. 숨이 가빠 왔다.

"형?"

"…."

"우리 다른 거 볼까?"

점점 얼굴을 일그러뜨리던 연이 전원을 껐다. 그제야 속이 트였다.

우리는 DVD 관람 시간을 연장하고 다른 DVD를 틀었다. 이번에는 몇 번이나 봐서 대사를 전부 외운 애니메이션이었다. 주인공들이 중간중간 뜬금없이 노래를 부르는 뮤지컬 형식의 애니메이션인데, 연은 강아지가 노래하는 장면이 나올 때마다 지겹지도 않은지 까르르 웃음을 터뜨렸다.

내용은 별것 없었다. 아빠가 죽었다는 사실을 모르는 다섯 살짜리 아이가 아빠를 찾기 위해 모험을 하는 판타지였다. 마지막에 아이가 저승에서 아빠와 재회하며 눈물을 쏙 빼는 장면을 연출하지만, 연도 나도 너무 많이 봐서 더는 울지 않았다.

인생도 이러면 얼마나 좋을까. 아무거나 골라잡았다가 재미가 없으면 도중에 다른 것으로 갈아 끼우고, 무서운 장면이 나오면 전원을 꺼 버릴 수 있는 DVD 같다면….

도서관 폐관 시간이 얼마 남지 않았다. 나는 애써 DVD에 집중했다.

✳

'수업 열심히 들어. 오늘도 파이팅, 아들!'

징징대는 휴대폰 진동 사이로 담임 선생님 목소리가 들려왔다.

"학폭위 열리지 않은 걸 다행으로 생각하고. 일주일 동안 교내 봉사 활동 하는 거 잊지 마."

담임 선생님 목소리는 웅웅, 낮게 울리는 진동과 닮았다. 담임 선생님이 말할 때마다 지하실에 핀 곰팡이 비슷한 냄새가 났다. 담배 냄새와 커피 냄새가 섞인, 기분 나쁜 냄새였나. 알겠니? 눈으로 묻는 담임 선생님에게 고개를 끄덕이고 나왔다.

아침에 온 '잘 잤니?'라는 문자에 어떻게 답할지 아직 결정하지 못했는데 점심시간 전에 문자가 하나 더 왔다. 담임 선생님의 입냄새는 내 머리를 더 아프게 했고, '아들'이라는 글자는 신경을 잡아채서 머리를 송곳처럼 뾰족하게 만들었다. 마치 보이지 않는 손이 귀퉁이를 잡고 위로 쭉 당기는 듯했다.

엎친 데 덮친 격으로 학교는 여느 때보다 더 소란스러웠다. 그 이유를 알 것 같아 내 머릿속은 더 시끄러웠다. 김주은 기자가 새벽에 또 기사를 쓴 것이다. '차오름보육원, 김 원장의 실체에 관하여'라는 제목의 기사 옆에는 '특종'이라는 글자가 트로피처럼 빛을 뿜고 있었다.

"이거 진짜냐?"

쉬쉬하는 분위기에서 박문철이 말을 걸어왔다. 내 눈앞에 바짝 들이민 휴대폰 대신에 나는 박문철에게로 눈길을 주었다. 숨길 수 없는 호기심을 담은 아이들의 눈을 방패 삼아 박문철이 휴대폰을 더 바짝 들이밀었다.

"야, 시비 거는 게 아니라 정말 궁금해서 그래. 이거 진짜냐고!"

왠지 박문철에게서도 담임 선생님이 풍기던 곰팡내가 나는 것 같았다. 아니, 그보다 더 시큼하고 찌릿했다. 나는 콧잔등을 일그러뜨리면서 눈앞에 있는 휴대폰을 쳤다.

"네가 무슨 상관인데?"

"상관있지. 우리 동네에서 일어난 일이니까. 너라면 잘 알 거 아니야. 궁금해서 물어보는 건데 너 왜 그래? 좀생이같이."

취조하는 말투다. 박문철의 목소리에는 얼핏 정의감마저 서린 것 같았다. 사건의 전말을 밝혀내야만 한다는 사명감 같은 것. 김주은 기자에게서도, 심주혁 형사에게서도 느껴졌던 것. 왜 모두 그렇게 남의 일을 알아내지 못해 안달인지, 나서서 사명감을 불태우지 못해 혈안이 되는지 알 수 없었다. 정작 당사자는 가만히 있는데.

박문철이 내 어깨에 팔을 두르며 숨을 죽이고 말했다.

"생각해 봐. 이게 진짜라면 세상에 밝혀야 하지 않겠어?"

모르겠다. 정말로 밝혀야만 하는 건지. 진실이라고 해서 꼭 밝혀질 필요가 있는 건지. 세상에는 어쩌면 밝히지 않는 편이 더 나은 사실도 있지 않을까? 불치병 환자에게 그 사실을 알리지 않아 희망을 주는 착한 거짓말처럼 말이다.

"나, 이 기사 보고 엄청 충격받았다고. 진심이야. 진짜로 이런 일이 있었던 거라면…."

그랬던 거라면?

"김 원징이라는 사람 가만두면 안 되잖아."

박문철이 짐짓 안타까워하는 표정으로 말했다. 나는 결국 참지 못하고 자리를 박차고 일어났다. 속이 다시 시끄러워졌다.

아무도 내게 오지 않고 나 좀 가만히 내버려뒀으면 좋겠다. 내가 아무것도 선택하지 않게. 아무것도 고민하지 않아도 될 수 있게.

"난 몰라. 모른다고."

나는 중얼거리듯 조용히 말했다. 그러자 박문철이 이해되지 않는다는 얼굴로 고개를 갸웃했다.

"모른다고?"

다시금 다가온 박문철이 제 휴대폰 화면을 내 코앞에 바싹 들이밀었다.

"야, 네가 모르면 누가 아냐? 이거 봐. 진짜 대박 사건이라니까."

박문철이 친절하게도 화면을 집게손가락으로 짚어 주었다. 손가락 위로 검은 글씨가 보였다. 그건 어떤 아이를 인터뷰한 내용이었다.

　　저 말고 또 있었어요.

'저 말고 또 있었어요.'

그 말이 이렇게 내 심장을 때릴 줄은 미처 몰랐다.

공포

A와 인터뷰하던 중에 A가 이렇게 말했습니다. 자기 말고 다른 피해자도 있다고. 순간 저는 놀라지 않을 수 없었어요. 그 말은 피해 사실이 드러난 이 아이들 말고도 피해를 본 또 다른 아이들이 있을지 모른다는 얘기였으니까요. 역시 이 사건은 여기서 이렇게 끝나면 안 된다는 생각이 들었어요. 그래서 저는 보육원에 있는 아이들을 만나 다시 인터뷰하기로 했습니다. 그리고 이렇게 방송을 하고 있죠. 제 방송을 보고 아이들이 용기를 낼 수 있게, 숨은 아이들이 겉으로 드러날 수 있게 말이에요. 그렇지 않으면 좋겠지만, 만약, 만약… 정말로 또 다른 피해 아동이 있다면 부디 용기를 내 주세요. 그리고 지금, 이 동영상을 보는 여러분은 이 사건을 잊지 말아 주세요. 사회가 김 원장을 절대 용서해서는 안 될 겁니다.

눈을 부릅뜨고 김주은 기자의 말을 몇 번이고 읽었다. 내 손은 쉼 없이 스크롤을 내렸고, 어지러이 엉키는 뾰족한 글자들은 머릿속을 파고들었다.

김 원장을 절대 용서해서는 안 된다고 했다.

그런데 정말로 사람들이 김 원장의 잘못에 주목하는 걸까? 사실은 '더 당한 아이들'에게 주목하고 있는 게 아닐까? 차오름보육원 옆에는 언제나 성추행이라는 말이 따라붙었다. 어느 자극적인 기사에는 '아이 두 명을 성폭행'이라고 적혀 있었다.

'김 원장, 아이들에게 어떤 짓을 했나?'라는 기사 제목으로 사람들의 호기심을 자극하고 피해 사실을 낱낱이 기록한 기사도 어렵지 않게 찾아볼 수 있었다.

그 기사를 처음 읽었을 때 나는 토악질을 했다.

기사에는 익명으로 나왔지만, 나는 그게 누군지 알았다. 보육원의 다른 아이들도, 그곳에 근무했던 선생님들도 A가 누군지 알았다. 그리고 이제는 그곳에서 A에게 어떤 일이 일어났는지 모든 사람이 알았다. 아니, 알게 되었다.

나는 엄마의 문자에 답장하지 않았다.

무슨 말을 해야 할지 알 수 없었다. 당장 뛰쳐나가고 싶다가도 이불을 뒤집어쓴 채 숨어 있고 싶었다. 배 속이 뒤엉켜서 화장실에 가고 싶다가도 막상 화장실에 가면 아무것도 나오지 않았다.

내가 도대체 뭘 하고 싶은 것인지, 내 몸이 뭘 원하는지도 알 수 없었다.

모든 것이 고장, 고장이었다.

✦

날씨가 우중충했다. 당장 비가 내릴 것처럼 하늘이 잿빛이고 도로에서는 먼지 냄새가 아지랑이처럼 피어올랐다. 평소보다 도로 색이 진한 것이 어쩌면 밤새 비가 내렸기 때문인지도 몰랐다.

엄마가 나를 데리고 간 곳은 디저트 가게였다. 조명이 밝은 디저트 가게에 들어가고 싶지 않았는데, 어색하게 웃는 엄마 얼굴을 보니 차마 다른 데로 가겠다고 말할 수 없었다.

"네가 여기 디저트를 그렇게 좋아했는데."

엄마가 프랜차이즈 가게의 간판을 올려보며 말했다.

"지금도 좋아하니?"

나는 고개를 저었다. 이 가게를 좋아한 적은 없었디. 그냥 파랗고 노란, 색깔이 예쁜 과자들의 생김새가 좋았고 엄마와 함께 과자를 고르던 그 순간이 좋았을 뿐이다.

내게는 비싼 프랜차이즈 로고가 박힌 종이 가방을 보고 화가 난 아빠가 마카롱을 짓밟은 기억만 박혀 있다. 내가 아는 건 색색의 예쁜 빛깔 마카롱도 아무렇게나 뒤섞이면 오물과 다를 바없어진다는 것뿐이다.

아직도 나는 마카롱의 맛을 모른다.

내가 고개만 숙이고 있자, 엄마가 초조한 기색을 보였다. 마침내 엄마는 혼자 진열대로 가서 아이스티 두 잔과 마카롱 몇 개를 주문해 왔다.

엄마가 컵을 만지작거렸다.

"혹시 나랑 만나는 게 불편하니?"

나는 여전히 고개를 숙인 채 가로저었다.

"그럼 한번 먹어 봐."

엄마 권유에 분홍색 마카롱을 집어 입에 넣었다. 달았다. 무슨 맛인지는 모르겠고, 그저 달기만 했다. 코가 막혀 맛이 잘 느껴지지 않았다.

음식을 씹는 무의미한 행동만 반복했다. 엄마는 내가 편히 먹을 수 있게끔 남은 마카롱을 내 쪽으로 밀어 주었다. 덕분에 씹는 동작이 멎었다.

"좀 드세요."

"그래, 알았어."

눈에 슬픈 기운이 감돌던 엄마가 살며시 웃으며 손을 들었다. 그러나 손은 마카롱 근처에도 가지 못했다.

엄마도 먹어 봐요. 맛있어요.

웃으면서, 아이답게, 좀 더 살갑게 말할 수도 있지 않았을까. 그러나 도저히 '엄마'라는 말이 나오지 않았다. 여섯 살의 나는 다 컸다고 생각했는데. 열여섯 살의 나는 어린아이였다. 엄마가 떠난 여섯 살에 그대로 성장이 멈췄나 보다.

나는 아이스티에 차가워진 입술을 혀로 훑고 손을 무릎으로 내렸다. 엄마도 따라서 손을 내렸다. 우리의 어색한 시선이 동그란 마카롱 위에서 맴돌았다.

"궁금한 건 없니?"

나는 슬쩍 시선을 옮겨 보풀이 일어난 분홍색 카디건을 바라보았다. 나를 처음 찾아온 날에는 구두는 낡았어도 셔츠와 코트는 새것처럼 깔끔했다. 그런데 오늘은 아니었다. 신경 쓴 티는 나지만, 어쩔 수 없는 세월의 흔적이 카디건의 나이를 말해 주고 있었다.

"엄마가 어떻게 지냈는지, 아… 지금 엄마가 사는 집은 어디인지, 그런 건?"

나는 고개를 끄덕여야 할지 가로저어야 할지 결정할 수 없었다. 순간 연이 생각났기 때문이다. 그렇지만 듣고 싶었다. 엄마가 지금 어디에서 사는지. 어떻게 지냈는지. 나를 잊고 잘 살아왔는지. 지금 살고 있는 그 집에 내가… 들어가도 되는지.

나는 말없이 고개를 끄덕였다. 그러자 엄마가 들뜬 목소리로 말을 이었다.

"이사 갔어. 18평 아파트인데 방은 두 개고, 집주인이 도배랑 장판도 새로 해 줘서 깨끗해. 외곽이라 시내 나오기는 조금 번거롭지만, 대신에 월세가 싼 편이고."

엄마가 말을 멈추고 내 표정을 살폈다.

나는 마카롱만 노려보았다. 흔들리는 시야 탓에 세 가지 색이 섞여 보기 흉한 보라색으로 변했다. 연도 이 디저트 가게에 오면 참 좋아할 것 같았다. 눈이 막 돌아가서 흥분해 뛰어다닐 것 같은데…. 막 이것저것 사 달라면서….

설핏 웃는 사이로 엄마의 말이 들려왔다.

"둘이 살기 딱 좋아 보여."

그래서 이사 한 거야. 마지막 말은 거의 들리지 않는 중얼거림이었다.

둘. 둘이 살기 딱 좋은 방 두 개짜리 18평 아파트. 여러 숫자 중에서도 '둘'이라는 울림이 나를 꽉 잡아챘다.

둘.

이제껏 둘은 연과 나를 부르는 단어였는데, 그 우리 둘에서 나만 떠나고 너는 남는다.

"아빠는…."

엄마는 이렇게 말하고는 희미하게 웃었다. 그것으로 설명은 충분했다. 나는 착잡한 심정으로 그냥 고개를 끄덕였다. 엄마에 관한 기억은 많고 뚜렷하지만, 아빠에 관한 기억은 많지 않다. 대개는 엄마와 나 둘뿐이었고, 어쩌다 아빠가 집에 오는 날이면 나는 방에서 나가지 않았다. 오줌이 마려워도 꾹 참고 나가지 않았다. 내가 있는 방을 제외한 집 전체에는 언제나 아빠라는 이름의 거대한 폭풍이 불고 있어 나갈 수가 없었다.

아빠도 나를 찾지 않았다.

그런 엄마와 아빠가 갈라선 건 어쩌면 당연한 일이었다. 그러니 엄마가 말하는 '둘'은 엄마와 나를 뜻하는 것이었다. 엄마와 나. 둘이 살 집.

엄마가 말하는 둘, 그 어디에도 연은 있을 수 없었다.

"청아, 생각은 좀 해 봤어?"

엄마가 조심스럽게 물었다.

내 눈동자는 여전히 흔들려 세상이 온통 뒤섞인 혼란스러운 색으로 보였다. 흔들리는 내 눈농자를 엄마도 봤을까. 그길 보고 혹시 내가 엄마 집에 가기 싫어한다고 생각하는 건 아닐까. 그래서 젊었을 때 그날처럼 또다시 나를 포기해 버리는 건 아닐까.

서둘러 대답해야겠다는 생각이 들었다. 그런 한편으로는 아무 말도 하고 싶지 않았다. 입술을 잡아 뜯는 나보다 엄마가 먼저 말을 꺼냈다.

“실은 오늘 나온 기사를 봤어.”

엄마가 밥은 먹었느냐는 안부처럼 가볍게 말했지만, 나에게는 무겁게 다가왔다. 박문철의 발에 걸어차였을 때처럼 가슴이 답답해졌다.

“네가 있던 보육원 일 말이야.”

엄마가 나를 따라 입술을 잘근 씹었다.

“미안해. 엄마 때문에…. 네가 그런 끔찍한 곳에서 지냈다고 생각하니 숨이 막히고 불안해서 도저히 가만히 있을 수가 없었어.”

“거기도 지낼 만했어요.”

엄마는 안타까워하는 표정으로 억지웃음을 지었다.

“애써 그렇게 말할 필요 없어, 청아.”

나는 진짜 괜찮다는 의미로 고개를 내저으려 했다. 진짜 괜찮았다. 연이 있어서 행복했고 밥도 맛있었다. 잠도 잘 잤고 학교도 다닐 수 있었다. 그러니 정말, 정말 괜찮다고 말해야 하는데.

“괜찮다면 거기서… 무슨 일이 있었는지 엄마한테 말해 줄 수 있을까?”

이상하게 입이 떨어지지 않았다. 괜찮았다고, 지내기 좋았다고. 연에 대해서도 말해야 하는데, 마카롱에 접착제라도 들어 있던 것처럼 입술이 붙어 움직이지 않았다.

나는 가만히 고개를 들어 엄마를 보았다.

엄마 눈에는 어느새 눈물이 고여 있었다. 그 눈물이 흐물흐물하게 녹은 크림처럼 테이블 위로 툭 떨어졌다.

"청아, 정말 괜찮아. 무서워하지 않아도 돼. 네가 잘못한 건 하나도 없어."

엄마는 마치 전부 다 알고 있는 것처럼 말했다.

나는 고개를 푹 숙였다. 내 눈에서도 물이 투두둑 떨어졌다. 눈물은 내 앞에 놓인 갈색 아이스티 속으로 떨어져 작은 파동을 일으켰다.

"연이…. 연이가 있어요. 보육원에서 친해진 내 동생이에요."

손바닥으로 손톱이 꾹 파고들었다.

"그리고 나는…."

파동을 딛고 먼저 나온 이야기는 연에 관한 것이었다.

연의 생일은 12월 25일이다. 베이비 박스에 버려진 아이에게는 으레 친부모를 추억할 수 있는 팔찌나 목걸이 따위, 이름과 생일이 적힌 쪽지가 함께 놓였다. 그러나 연의 친부모는 무슨 사정이 있었는지 그 흔한 팔찌나 쪽지 하나 없이 달랑 연을 버려두고 갔다.

덕분에 언제나 그러듯 새벽에 베이비 박스를 연 직원이 연을 발견한 12월 25일이 연의 생일이 되었고, 이름은 아이가 연꽃처럼 맑고 하얗다고 해서 연꽃의 '연'을 따와 지어졌다.

연의 생일이 예수님과 같다고 해서 나는 연이 예수님이라고 단순하게 생각하진 않았다. 그보다 연을 산타가 준 크리스마스 선물이라고 생각했다.

"야, 가면 괴물이다!"

"웃어 봐! 바보야, 너 못 웃지?"

가면 괴물은 유치원 때 나를 따라다니던 별명이었다. 핼러윈 행사 때 온 자원봉사자가 눈과 입만 뻥 뚫린 하얀 가면을 선물해 줬는데, 호기심에 한 번 써 본 뒤로 내 별명은 줄곧 가면 괴물이었다.

가면 괴물은 내 표정이 가면을 쓰나 벗으나 똑같다는 뜻이었다. 아이들이 나더러 가면 괴물이라면서 웃거나 울어 보라고 놀릴 때 괴로웠지만, 나는 웃을 수도 울 수도 없었다. 그때 나는 악마에게 표정을 빼앗긴 것처럼 아무런 표정도 지을 수 없는 병에 걸린 상태였다.

그렇지만 표정에 변화가 없다고 감정까지 사라진 건 아니었다. 아이들이 놀리면 창피했고, 보육원 생활은 처음 왔을 때나 일 년이 지났을 때나 한결같이 무서웠다.

그때 나를 구원해 준 존재가 바로 연이었다.

"선생님, 그거 뭐예요?"

“아기.”

맨날 머리를 하나로 묶고 다니는 말총머리 선생님은 내가 움켜쥔 바짓단을 뿌리치고 ‘토닥반’으로 바삐 걸어갔다. 토닥반은 한 살에서 두 살 사이의 아이들이 지내는 곳이었다. 연이 들어오면서 토닥반 아이는 모두 세 명이 되었다.

돌봐야 할 아이가 늘어나서 그런지 말총머리 선생님은 한숨을 폭 내쉬었다. 말총머리 선생님이 아기를 내려놓고 한숨 돌리는 모습을 보고 있었더니 무심한 시선이 나를 향했다.

“가까이서 볼래?”

“그래도 돼요?”

선생님은 말없이 상체를 틀어 허락한다는 뜻을 전했다. 그때 나는 처음으로 갓난아기를 봤다.

“예쁘니?”

“징그러워요.”

내 말에 선생님이 웃음을 터뜨렸다.

“아기한테 손가락 줘 봐.”

선생님이 내 손목을 잡고 가만히 아기 요람 속으로 끌었다. 내 손목에는 선생님의 큼직한 손이, 검지에는 아기의 외계인 같은 손이 착 붙었다.

그때 내 가슴속에 무언가 따뜻하고 몽글거리는 것이 퍼졌다.

엄마와 헤어진 뒤 메말랐던 내 가슴에 물방울 하나가 톡 떨어진 기분이었다. 그 작은 물방울이 갈라진 틈을 메우며 퍼져, '연'이라는 이름의 꽃으로 피어났다. 그렇게 연은 내 상처를 예쁜 꽃으로 메워 주었다.

만약 연이 없었다면 나는 언제까지고 표정 없는 가면 괴물로 살았을 것이다. 그러니 연은 내게 크리스마스 선물보다 더 소중한 존재였다.

✶

화창한 가을은 짧고 우중충한 가을은 길었다. 빨갛게 물들었던 단풍은 금세 누런 낙엽이 되어 발밑에 부서졌고, 내 손등은 거북 등껍질처럼 거칠게 일었다. 거칠어진 손등을 계속 긁었다. 그러다 거스러미가 일면 손톱으로 잡아 죽 찢었다.

다시 학교를 갔고 연과 일상을 보냈다. 그러는 동안 내 손등에는 상처가 늘어 갔다.

"지겹지도 않나 봐."

휴대폰으로 게임을 하던 한솔이 거실 TV에서 나오는 뉴스를 귀로 듣고 한마디 던졌다. 그러고는 대답도 기다리지 않고 다시 게임에 열중했다. 나는 딱히 대답하지 않았다. 뭐라 할 말도 없었다.

개교기념일이어서 나는 그룹홈에 남아 있었다. 가을에 세웠다는 중학교는 교목이 단풍이었다. 교정에도 유독 단풍이 많았다. 학교에 다니지 않는 한솔은 멘토링 선생님이 올 때만 공부하는 척하고 내내 휴대폰 삼매경이었다.

웬일인지 내 휴대폰은 조용하기만 했다. 엄마에게서 종종 오던 연락도 없었다. 텅 빈 메시지함은 평소와 똑같은데 유독 허하게 느껴졌다. 시간을 확인하고 연이 다니는 유치원으로 간 건 가을바람이 옆구리를 훑고 지나갔기 때문인지도 모른다.

이럴 때 나는 유독 더 연을 찾게 된다.

유치원으로 가는 길에도 단풍잎이 많이 떨어져 있었다. 단풍잎이 밟아도 바사삭 부서지지 않고 눅눅한 이유는 높은 빌딩 그늘에 가려 햇볕을 받지 못했기 때문일 것이다. 빌딩 숲 사이 노란 울타리 옆이 연이 다니는 유치원이었다.

문을 열고 들어가자 끼익 소리가 아담한 마당을 울렸다. 입구 유리문에는 젤을 굳혀 만든 상식이 붙어 있었다. 색색의 징식 니머로 연이 쪼그려 앉아 신발 신는 모습이 얼핏 보였다.

"형!"

연은 다른 아이와 함께 선생님 손을 잡고 나오다가 나를 발견하고는 반색하며 달려왔다.

나는 젊은 남자 선생님에게 허리를 숙였다.

“처음 뵙네요. 연이 형이라고요.”

“네.”

“요즘 연이가 시무룩한 것 같아 걱정이었는데, 웃는 얼굴을 보니 좋네요. 형을 많이 좋아하나 봐요.”

“네?”

나는 연의 손을 잡다가 뜻밖의 말에 눈을 동그랗게 떴다. 선생님의 설명이 이어졌다.

“몰랐어요? 요즘 기분이 안 좋아 보였어요. 오늘은 그래도 잘 어울려 놀았지만, 최근에는 좀….”

“누구세요?”

선생님이 설명하는 도중에 옆에서 여름 햇살처럼 쨍한 목소리가 날아들었다.

선생님의 오른쪽 손을 잡고 있던 다른 아이였다. 나는 연의 형이라고 친절하게 다시 말해 주었다. 그러자 바가지머리를 한 남자아이가 눈을 동그랗게 뜨고 연과 나를 번갈아 쳐다보았다.

“아닌데? 연이는 형 없는데?”

“뭐?”

갑작스러운 소리에 나도 모르게 인상을 썼다. 아이는 마치 자랑이라도 하듯 태연히 허리에 손을 얹고 말했다.

“연이는 매일 어떤 봉고차가 태워 가요. 요즘에는 이상한 아저씨가 오고, 형이 온 적은 한 번도…."

"아니야, 그런 거."

나는 연의 손을 꼭 움켜잡았다. 왠지 조용해서 내려봤더니 연은 고개를 푹 숙이고 있었다. 선생님이 얼른 아이의 이름을 부르며 그런 말은 하는 게 아니라고 타일렀지만, 이미 늦어도 한참 늦은 뒤였다.

손이 가볍게 떨렸다. 연이 떠는 건지 내가 떠는 건지, 손을 꼭 붙잡고 있어 알 수 없었다. 어쩌면 내가 떠는 게 맞는 것 같았다. 목소리가 이렇게나 떨리며 나오는 것을 보면.

"나, 연이 형 맞아."

"하지만…."

"맞아. 연이 형. 그러니까 다시는 그런 소리 하지 마."

나는 단호하게 말했다.

유치원 마당에 헛헛한 바람이 불었다. 바람이 낙엽을 마당으로 쓸어와 발목을 스치고 지나갔다.

그때 유치원 앞에 SUV 차량이 서자, 아이가 그리로 후다닥 뛰어갔다. 유치원 선생님은 난감한 표정으로 내게 짧게 고갯짓하고 아이를 쫓아갔다.

아이는 자기 아빠를 보고는 반가워서 팔짝팔짝 뛰다가 단숨에 차에 올라탔다. 차는 금방 유치원 앞을 떠났다.

그제야 나는 유치원이 너무 조용하다는 사실을 깨달았다. 열댓 개가 넘는 신발장 칸은 텅 비어 있었다. 연과 바가지머리 남자아이를 마지막으로 유치원에는 아무도 남지 않았다. 오늘은 평소 그룹홈 선생님이 데리러 오는 시간보다 더 일찍 왔는데도 그랬다.

연과 나는 한참을 말없이 걸었다. 사거리 횡단보도에서 빨간불에 걸렸을 때 내가 먼저 입을 열었다.

"연아, 요즘 기분이 안 좋았어?"

어쩌면 진즉에 물어봐야 했는지도 몰랐다. 마냥 해맑게 웃고 별말이 없어서 아무 생각도 없는 줄 알았다. 어른들은 우리 생각을 모른다고 툴툴대곤 했는데, 타인의 생각을 모르는 건 나도 마찬가지였다.

"혹시…. 여기서 지내는 게 싫어서 그래?"

건조한 공기에 목이 뻑뻑해졌다. 침을 꿀꺽 삼키고 연을 내려봤다. 연은 가만히 고개를 저었다.

"그럼?"

연은 한참 동안 아무 말이 없었다. 그러는 사이 신호등이 파란불로 바뀌었다. 우리는 손을 꼭 잡고 길을 건넜다.

"유치원에서…."

연의 입에서 말이 나온 건 길을 다 건넜을 때였다. 놓치지 않고 듣기 위해 온 신경을 쏟아야 할 정도로 작은 목소리였다.

"감정 말하기 놀이 했어."

연에게서 뜻밖의 말이 나왔다.

"그랬어? 재밌었겠네."

연이 손을 살짝 빼고 눈을 양옆으로 쭉 찢으며 여러 표정을 만들어 보였다.

"찡그리는 건 화난 거고, 눈물이 나는 건 슬픈 거야. 선생님이 물건을 뺏으면 화난 카드를 들면 돼."

평소에 연은 유치원에서 있었던 일을 재잘재잘 떠들었다. 특히 자려고 누웠을 때나 저녁을 먹을 때 연의 입은 멈출 줄 몰랐다. 다섯 살이 되어 처음 유치원에 간 뒤로 그랬다. 보육원에서 지내는 것보다 유치원에서 노는 게 더 재미있다고, 그렇다고 형이랑 노는 게 재미없는 건 아니라고 말하기도 했다.

그런데 지금 유치원에서 있었던 일을 이야기하는 연의 얼굴은 전혀 신나 보이지 않았다. 연이 유치원 이야기를 하며 땅만 내려다보는 건 처음이었다.

불쑥 연이 말했다.

"기쁜 일을 말하는 것도 중요하지만, 화나고 슬픈 것도 전부 솔직하게 말해야 한대. 감정에는 나쁜 게 없대. 그래서 숨겨야 하는 감정도 없는 거래."

연의 손에서 점점 힘이 빠졌다. 연의 걸음이 느려져 나는 거의 멈춰 있다시피 해야 했다. 나뭇잎이 거의 다 떨어진 나무를 지나칠 때 연이 나를 올려봤다. 연의 눈동자에 버석한 나뭇가지가 비쳤다.

"근데 있잖아. 나, 형한테 말하지 않은 게 있어."

이 말을 듣는 순간 왠지 가슴이 철렁 내려앉았다.

적당히

내가 처음으로 '적당히'라는 말을 들은 날은 무더위가 기승을 부리던 한여름이었다. 웬만한 더위에는 에어컨을 켜지 않는 차오름보육원에서는 더위를 날려 버리라며 철 지난 공포 영화를 틀어 주었다.

그날 차오름보육원에서 틀어 준 영화는 귀신에 씐 인형이 나오는 것이었다. 철이 지나도 한참 지난 건 물론이거니와 재미없다는 평판이 자자한 영화였나.

그러나 고작 공포 영화로 한여름의 무더위를 날려 버릴 수는 없었다. 버려도 버려도 되돌아오는 인형에 겁을 집어먹은 아이들이 비좁은 프로그램실에 옹기종기 달라붙어서 오히려 더 덥기만 했다. 맞닿은 팔 사이로 삐질삐질 땀이 흐르고 기분 나쁜 끈적임이 느껴졌다.

“형은 안 무서워?”

사실은 조금 무서워서 표정이 굳었을 뿐인데 연이 멋지다는 눈으로 날 올려보았다.

“그럼! 형은 안 무서워.”

나는 무섭지 않다고 한 말을 증명하려 눈 한 번 깜박이지 않고 영화를 봐야 했다. 그렇지만 잠깐이라도 영화를 덜 보기 위해 연거푸 음료수 컵을 기울였는데, 그 여파는 뒤늦게 찾아왔다.

한밤중에 배가 터질 것처럼 오줌이 마려워 잠이 깼다. 화장실에 같이 가자고 연을 깨울 수 없어 혼자 텅 빈 복도로 나왔다.

한밤중 보육원 복도는 공포 영화보다 더 무서웠다. 인형의 공허한 눈동자가 기다란 복도 끄트머리에서 당장이라도 튀어나올 것 같았다. 인형 얼굴을 영화에서 본 것보다 더 기괴하고 무섭게 꾸며 내는 건 내 상상력이었다.

달빛에 의지해 걷는 속도가 거북만큼 느렸다. 디귿 자로 꺾인 차오름보육원 건물은 설계할 때부터 잘못했는지 한쪽 창으로는 아예 햇빛도 달빛도 들어오지 않았다.

그렇게 한 발 한 발 천천히 화장실을 향해 더듬어 가고 있을 때, 갑자기 어디에서 흐느끼는 소리가 들렸다. 실처럼 길게 빠져나와 귀를 훑고 가는 소리에 소름이 쫙 돋았다.

그 순간 내게 어떤 용기가 생기고 말았다. 어쩌면 그건 용기가 아니라, 내 상상에 휘말리기보다 저 어둠을 들여다보는 편이 덜 무섭다고 생각했기 때문일지 모른다. 어쨌든 나는 소리가 들려오는 캄캄한 방을 빤히 들여다보고 말았다.

창이 높은 데다 눈높이가 닿는 곳에 불투명한 시트지가 붙어 있어 새까만 어둠 말고는 보이는 게 없었다. 그곳에서 문틈으로 흐릿한 불빛이 흔들렸다.

나는 문틈에 눈을 바짝 가져다 대고 안을 들여다보았다. 저 안에서 하얀 강아지 같은 물체가 움직이는 것이 보였다. 원장실에 왜 강아지가 있지? 차오름보육원에서는 동물을 기를 수 없었다. 설마 창문을 통해 잘못 들어오기라도 한 걸까? 그래서 낑낑대는 거라면 강아지를 도와줘야겠다는 생각에 몸이 먼저 움직였다.

그 찰나, 불쑥 나타난 어둠이 앞을 가로막았다.

"이 밤에 무슨 일이니?"

김 원장이었다. 놀란 토끼 눈을 한 내게 김 원장은 바지춤을 추스르며 천천히 다가왔다. 갑자기 딸꾹질이 나서 어깨가 들썩였다. 김 원장 뒤로 무언가 보였다.

내가 하얀 강아지라고 생각했던 건… 사람의 다리였다. 깜깜한 밤에 하얗게 드러난 허벅지.

김 원장이 등 뒤로 소리 나게 문을 닫고는 씩 웃었다. 천천히 허리를 숙여 나와 눈을 맞춘 김 원장이 딸꾹질로 널뛰는 내 어깨를 짓누르며 속삭였다.

"적당히 넘어가렴. 알았지?"

빙긋, 초승달이 김 원장 입에 걸렸다.

나는 그때 그 말이 무슨 뜻인지 몰랐다. 다만 그날부터 김 원장의 '적당히'라는 말이 내 몸에 내려앉았다. 내려앉아서 나갈 생각도 안 하고 지금껏 내내 나를 짓눌렀다.

그때는 왜 생각하지 못했을까. 그 대상이 연이 될 수도 있다는 것을. 내가 적당히 넘어가는 바람에 누군가는 계속해서 피해를 봤을 수 있다는 사실을 어째서 생각하지 못했을까.

아니, 사실은 알았다. 알면서도 외면했던 거다. 눈을 감으면 무서운 일들을 보지 않아도 됐으니까. 나는 그냥 전부 피해 버리고 싶었다. 무서운 영화를 보지 않고 눈을 감는 것처럼. 꺼 버리는 것처럼.

손등이 붉게 일었다. 건조해서 갈라진 손등의 주름 사이에 손톱이 콱콱 박혔다. 주머니 속에서 명함 두 개가 사그락사그락 소리를 내며 손끝을 긁었다. 하나는 김주은 기자의 명함이고 다른 하나는 심주혁 형사의 명함이었다.

나는 '적당히' 넘어가면 괜찮으리라 믿었다. 어른들이 그렇게 말했으니 그러면 되는 줄 알았다. 하지만 '적당히'는 이제 나를 덮치고 있었다. 적당히, 적당히. 그렇게 넘긴 일들이 한꺼번에 몰려와, 견디기 힘든 파도가 되어 나를⋯ 아니, 연을 때리고 있었다.

"괜찮아. 형한테는 다 말해도 돼. 말해 봐. 비밀이 뭔데?"

목소리가 떨려 나왔다.

연은 고민하는 눈치였다. 연이 침묵하는 시간이 무중력 상태에 들어간 것처럼 길고 무겁게 느껴졌다. 더는 견딜 수 없을 때쯤 연이 입을 열었다.

제발, 제발, 제발. 나는 속으로 간절히 빌었다. 연에게 그런 끔찍한 일이 있지는 않았을 거라고. 연의 비밀은 다른 걸 거라고. 제발, 제발⋯.

"있잖아, 솔직히 나만 유치원에 엄마 아빠가 안 데리러 오는 거 싫었어. 나한테는 형이 있지만, 형은 학교 때문에 나 데리러 못 오잖아."

연은 투덜투덜, 그 조그만 입으로 눈치를 보며 말했다.

유치원에 처음 갔을 땐 마냥 좋았다고 했다. 그러나 보육원 밖에서 다른 아이들을 만나는 일이 그리 즐겁기만 한 것은 아니었다.

유치원에서 가족을 그릴 때 다른 아이들은 서너 명의 사람을 그렸고, 그림 그리는 준비물로 보육원 로고가 박힌 색연필을 가져오지도 않았다. 그걸 보며 연은 자기가 여느 아이들과 많이 다르다는 사실을 알게 되었다. 그리고 그 점이 덜컥 부끄럽게 느껴졌다.

연은 자기 마음을 숨겼다. 나쁜 마음 같아서, 그런 마음을 품고 있다는 것조차 부끄러웠다고 했다. 그런데 감정 말하기 놀이를 하고 나서야 참는 게 좋은 일이 아니라는 것을 알았다고 했다. 싫은데 싫다고 하지 않는 것. 자기 감정을 속이는 것. 누군가에게 비밀을 만드는 것. 이 모든 게 마음속에 시커먼 구멍을 만들어 결국 나를 더 괴롭히는 일이라고.

"내가 말하면 형이 싫어할 것 같았어. 미안해."

그 말을 듣는 순간 눈에 핏줄이 쏠려 벌게지는 기분이 들었다. 한편으로는 다행이라 생각하면서도, 다행이라고 생각해야 하는 현실에 머리꼭지가 뜨거웠다. 이런 표현은 책에나 나온다고 생각했는데, 눈이 뜨거워져서 당장이라도 터질 것만 같았다. 그러나 연이 울먹이고 있어서 나는 울지 못했다. 눈을 꽉 감고 눈가까지 차오른 열이 눈물이 되지 않게 참아야 했다.

"형, 앞으로 나 많이 데리러 오면 안 돼? 선생님이 데리러 오는 거…. 나 조금 싫어. 진짜, 조금."

연의 동그랗고 맑은 눈을 보니 온몸에서 힘이 쭉 빠졌다. 나는 무릎에 힘을 주었다. 그리고 억지로 웃으며 격하게 고개를 끄덕였다.

"알겠어. 앞으로는 많이, 정말 많이 데리러 올게."

이건 네가 미안해할 일이 아니라고, 그런 건 비밀 축에도 들지 않는다고, 형한테는 언제든 솔직하게 말해도 괜찮다고 연에게 말해 줘야 하는데…. 말하지는 못하고 입을 꾹 다문 채 고개만 열심히 끄덕였다.

내게 그런 말을 할 자격이 있을까? 지금 이 순간에도 연에게 솔직하게 말하지 못하는데 과연 그럴 자격이 있는 걸까?

"그런 건 정말 비밀 축에도 안 들어."

목소리가 마구 떨릴 것 같아 입속에서 웅얼대듯 말해야 했다. 못다 한 말들이, 정말 비밀이라고 할 수밖에 없는 문장이 마구 쏟아질 듯했다. 참을 수가 없을 것 같아서 연의 손을 더 꽉 잡았다.

눈앞에 작은 파출소가 보였다. 파랗고 빨간 경광등이 빛을 뿜지 않고 차 위에 늘어서 있었다. 분명 불이 들어오지 않았는데 경광등 불이 삐용삐용 눈앞을 뒤덮는 기분이었다.

붉은 환상에 압도돼 있을 때, 손안에서 정신을 일깨우는 진동이 느껴졌다.

'청아. 책상은 하얀색이 좋아, 검은색이 좋아?'

잠금 화면에 표시된 메시지 뒤로 낯선 단어가 보였다.

‘엄마’

그 단어가 눈에 모였던 열기를 단번에 식혀 주었다.

✸

엄마와 함께 간 마트 진열대에 투명한 아크릴 상자가 줄지어 있었다. 그 안의 작은 소라게는 제 몸을 갈색 톱밥 사이로 꼭꼭 숨기고 있었다. 커다란 집게발을 움츠리고 딱딱한 소라 껍데기 속으로, 그러고는 다시 톱밥 속으로 꼭꼭 숨었다.

“아직도 이런 걸 파네?”

엄마가 반갑다는 목소리로 말했다.

나도 소라게를 보는 건 오랜만이었다. 초등학생 때는 소라게 기르기가 유행이어서 아이들이 학교에까지 자주 가져오곤 했는데….

나는 소라게를 빤히 바라보았다. 초등학생 때 어떤 아이가 가져온 소라게가 생각났다. 아이들에게 자랑하려고 가져왔지만, 고개를 내밀지 않아 결국은 죽고 만 소라게.

“내 소라게가 이제껏 너희가 본 것 중에 제일 클걸?”

“에이, 아닌 것 같은데?”

“맞거든! 진짜 크거든?”

얼굴을 붉힌 아이의 손에서 아크릴 상자가 거칠게 흔들렸다. 그러나 낯선 환경으로 떠밀려 온 소라게는 꼭꼭 숨어 나올 생각이 없어 보였다. 아이는 다급히 통을 내리쳤다.

그러다 통 뚜껑이 열렸고, 포근한 톱밥 속으로 손이 들이닥쳤다. 톱밥 속을 우왕좌왕하던 소라게는 손가락에 걸려 허공으로 튀어 올랐다. 마침내 소라게는 그대로 교실 바닥으로 추락해 실내화 바닥에 깔리고 말았다.

꽈직.

발을 들었을 때 소라게의 집은 산산이 조각나 있었다. 비죽이 튀어나온 점액질이 발을 따라 쭈욱 올라왔다.

소라게가 그렇게 몸을 꼭꼭 숨긴 것은 제 몸을 지키기 위한 행동이 맞았을까. 오히려 커다란 집게발을 뽐냈다면 아이의 손이 거침없이 통으로 들어갈 일도, 그래서 실내화 바닥에 밟혀 죽을 일도 없지 않았을까.

"소라게 키우고 싶어?"

소라게 통을 바라보고 있자, 엄마가 부드러운 목소리로 물었다. 부슬부슬 메마른 머리칼을 귀 뒤로 넘기면서 엄마는 다정하게 웃으려고 애썼다.

나는 고개를 저었다.

“아니요.”

“키우고 싶어서 보는 줄 알았는데.”

“그냥. 쟤는 도대체 언제 나오는지 궁금해서 봤을 뿐이에요.”

그러자 엄마가 피식 웃으며 내 옷소매를 잡고 기둥 뒤로 데려갔다.

“소라게는 보고 있으면 안 나와. 적응할 수 있는 환경을 만들어 주고 시간을 줘야 서서히 나와 활동하지. 지금 애는 스트레스를 많이 받았나 봐. 꼭꼭 숨어서 나오지 않는 걸 보면.”

엄마 말이 끝나고 조금 지나자, 정말 소라게가 톱밥 사이로 빼꼼 집게발을 내밀었다.

“몸을 숨기고 있을 땐 꼭 죽은 것 같더니 저렇게 슬며시 움직이니 신기하네요.”

내 말에 엄마가 웃으며 고개를 저었다.

“웅크리고 있다고 해서 죽은 건 아니야. 단지 시간이 필요해서 그래. 청이 너도 어릴 때 꼭 저랬는데.”

나는 기둥 뒤에서 소라게를 조금 더 지켜봤다. 마치 보송보송한 이불을 헤치고 나오는 것처럼 소라게가 톱밥 위로 올라왔다.

“마음에 드는 의자는 찾았어?”

나는 고개를 가로저었다. 엄마가 마트에 진열된 가구들을 어색하게 둘러보았다. 그 옆에는 벌써 두툼한 겨울 점퍼들이 걸려 있었다.

"아무래도 의자는 직접 앉아 보고 사야 좋을 것 같아서. 이제 너도 곧 고등학생 되는데, 공부하려면 의자가 편해야겠더라. 참, 책상은 검은색 괜찮아? 답장이 없길래 알아서 사 뒀거든."

그제야 나는 엄마에게 답장을 보내지 않았다는 게 생각났다. 문자 메시지 내용보다 '엄마'라는 단어가 더 크게 와닿아 답장 보내는 걸 잊고 말았다.

"죄송해요."

"아니야, 괜찮아. 한번 골라 봐. 어느 게 마음에 드니?"

골라 보라는 말이 무색하게도, 사람들이 별로 찾지 않아 그런지 마트에는 의자가 몇 개 없었다. 그래도 나는 꽤 진지하게 의자를 훑어보았다.

검은색, 하얀색, 회색.

분명 눈을 즐겁게 하는 색이 아닌데 이상하게 점점 마음이 들떴다. 머릿속에서 내 방의 구조가 그려섰나. 책상이 검은색이라고 했으니 검은색 의자가 어울릴 거다. 책상은 창가에 놓아야 책을 읽을 때 눈이 편할 테고. 침대는 되도록 책상과 멀리 떨어졌으면 좋겠다.

한참을 만져 보고 앉아도 보았다. 여러 의자를 둘러보다가 나뭇결이 거칠게 톡 튀어나온 의자에 내 시선이 박혔다.

“어머, 이건 못 사겠다.”

다가온 엄마가 표면을 쓸어 보며 말했다. 공정 과정에서 잘못됐는지, 하필이면 앉는 부분의 나뭇조각 하나만 광택이 없고 거칠었다.

그 의자의 나뭇조각이 꼭 나 같았다. 수많은 나무 중에 어디가 잘못되어 앉는 사람을 괴롭히는 나뭇조각. 결국에는 전체를 망쳐 버리는 나뭇조각. 적당히, 적당히 맞춰 넘어가려 했지만, 의자에 앉는 순간 들통나고야 마는 그런 나뭇조각 말이다. 아무리 모른 척 넘어가려 해도 불뚝 솟아난 부분은 허벅지를 불편하게 만들 거다. 어울리려고 애쓰지만 마음대로 안 되는 내 인생이 저 의자와 너무 닮았다는 생각이 들었다.

엄마가 직원을 불러 의자를 가리켰다.

“모르고 사 가셨으면 큰일 날 뻔했네요. 이건 빼 두겠습니다.”

의자를 살핀 직원의 말이 들려왔다.

태풍

둥근 바람이 한데 모여 쌓이면 회오리바람이 되고 태풍이 된다. 회오리바람이 태풍이 되기 전에 막아야 한다는 건 누구나 안다. 그렇지만 때로는 태풍을 기다리고 싶을 때도 있는 법이다.

태풍이 지나가고 해가 들면 살아남은 나뭇잎과 흙과 물과 아름다운 것들만 남아 반짝이곤 하니까, 더러운 것이 다 씻겨 나가니까. 차라리 태풍이 와 모든 것을 날려 주기를 기다리게 된다.

내내 비가 내린 주말이 지나고 등교했을 때 학교는 잔잔한 소란에 먹혀 있었다. 시내를 지나 사거리를 건너고 아이들이 막 몰려드는 학교 주변에 도착할 때까지 나는 그 소란을 알아차리지 못했다.

그룹홈에서 휴대폰을 빵빵하게 충전할 수 있었지만, 차오름보육원 기사는 이제 찾아보지 않았다. 그룹홈이나 보육원 같은 아동 보호 시설도 더는 검색하지 않았다.

요즘 내 인터넷 검색 기록에는 컴퓨터 책상이나 책꽂이 따위가 맨 위에 남아 있었다.

그래서 눈치채지 못했다. 내가 복도를 지나갈 때마다 몇몇 아이들의 시선이 미묘하게 달라지는 것을. 나와 눈이 마주치면 무얼 말하고 싶어 입술이 우물쭈물 움직이는 것을.

"어제 시사 이십이 봤어?"

소란을 뚫고 이 말이 들려온 것은 점심시간이었다. 급식을 받아 자리에 앉았을 때 뒤에서 어느 여자아이의 목소리가 들렸다. 나는 젓가락질을 멈추고 힐끔 뒤를 보았다. 여자아이는 내가 자기 바로 뒤에 앉은 걸 모르는 눈치였다. 이야기에 폭 빠져 계속 입을 놀렸다.

"완전 반전 아니야? 뉴스에서는 아주 확실한 것처럼 말하더니."

"근데 거기 폐쇄됐잖아. 지은 죄가 있으니까 폐쇄당한 거 아니야?"

"우리 엄마 말이, 그 자리에 보육원 없애고 다른 거 짓는다더라. 그래서 시에서 폐쇄 결정을 내린 거래."

"죄가 없는데 그럴 수가 있나?"

“그건 아니고. 아동 학대 혐의는 인정하지만, 성추행은 끝까지 아니라고 하나 봐. 왜… 증거가 없다잖아. 그러니까 누구 말이 맞는지 모르는 거지.”

우물우물 음식을 씹는 사이로 흘러나오는 설명에 맞은편 여자아이가 탄식했다. 여자아이들은 곧 성폭력 사건이 원래 입증하기가 어렵다더라, 무고죄가 그렇게 무섭다더라, 이런 이야기로 넘어갔다.

“무시해.”

문득 앞에서 다른 목소리가 들렸다. 고개를 들자 한 손으로 식판을 들고 서 있는 옆 반 하늘이 보였다. 하늘은 식판을 던지다시피 내 앞에 내려놓았다. 그러자 여자아이들의 속닥대는 소리가 차츰 잦아들었다.

“잘 지냈냐?”

“그럭저럭.”

“그럼 됐다.”

하늘이 젓가락으로 소시지 반찬을 집어 들었다. 그제야 나도 젓가락을 움직였다.

우리 학교에서 하늘을 모르는 아이는 없었다. 인근 학교에서도 하늘은 유명했다. 사실 우리는 보육원에 산다는 이유만으로 쉽게 유명세를 치렀다. 그럴 수밖에 없는 것이, 보육원에서는 하교 시간에 맞춰 '사랑의 열매'가 그려진 차량을 보냈고, 우리는 줄지어 그 차량에 올랐으니까.

그중에서도 유독 하늘이 유명한 이유는 다른 보육원 출신 형들과 어울리며 온갖 사고를 치고 다니기 때문이었다. 몇 달 전에는 하늘이 어울려 다니던 형 중 한 명이 오토바이를 훔쳐 타고 가다가 사고로 죽었다는 무시무시한 소문이 떠돌았다.

나는 밥을 입에 넣고 하늘을 빤히 보았다. 하늘은 나를 보지도 않고 입을 열었다.

"죽은 거 아니야."

"뭐가?"

"그 형 말이야. 다치긴 했지만 안 죽었어. 설마 소문을 믿은 건 아니지?"

깊이 생각해 본 적도 없었다. 그것 말고도 생각해야 할 게 많았으니까. 대답하는 대신 이번에는 내가 물었다.

"어제 너도 봤어? 그 시사 이십이라는 거."

"봤지."

하늘은 간단하게 답했다. 그러고는 고개 한 번 들지 않고 입으로 밥을 밀어 넣었다.

하늘의 풀어헤친 교복 셔츠가 눈에 들어왔다. 하늘이 선생님들에게 번번이 머리를 얻어맞으면서도 셔츠 단추를 채우지 않는 이유는 반항심 때문이 아니라 크기가 맞지 않아서였다. 보육원에서 물려받는 교복은 가끔 그랬다. 그 또래 아이들은 덩치가 그만그만하다. 그래서 평균 사이즈 교복은 몇 번이나 물려받아야 하는 탓에 허름할 수밖에 없었다. 그나마 깨끗한 셔츠는 작거나 큰 것뿐이었다.

하늘은 사이즈를 포기하고 깨끗한 셔츠 쪽을 택했다. 그런 사실을 모르는 선생님들은 하늘의 차림새가 불량하다며 혀를 끌끌 찼다.

나도 중학교 3학년이 되면서 부쩍 자라는 바람에 셔츠 단추가 전부 잠기지를 않았다. 그걸 낙낙한 교복 조끼로 가리고 다니며 단속을 피했다. 교복 조끼 안에 가려진 우리의 셔츠 사정을 모르듯 사람들은 다른 사람의 사정을 쉽게 알아채지 못한다. 같은 보육원에서 함께 자랐지만 나 역시 하늘이 무슨 생각을 하는지, 어떤 일상을 보내는지 다 알지 못한다. 그래서 하늘의 입에서 익숙한 이름이 나왔을 때 놀랄 수밖에 없었다.

"김주은 기자라고 알아?"

내가 대답 없이 멍하니 보고만 있자, 하늘이 젓가락을 탁 내려놓았다. 어느새 식판이 텅 비었다.

"원장 새끼가 졸라 잡아떼나 봐."

"…"

“증거 불충분에 증언이 효력 없다는데, 나는 그런 거 무슨 소리인지 모르겠고.”

내 식판에는 아직 소시지가 많이 남았다. 그런데 더는 손이 가지 않았다. 아직 배가 덜 찼는데도 먹고 싶다는 생각이 들지 않았다.

하늘은 인상을 구기며 손목을 긁적였다.

“애들이 어리잖아. 말실수를 했나 봐. 원장 새끼 변호사는 그런 걸 잡고 늘어지는 거지, 뭐. 원래 그렇잖아. 눈에 훤히 보이는 문제가 있어도 어른들은 잘 몰라. 그냥 목소리 큰 놈이 떠드는 대로 믿는 거지.”

그렇게 믿고 싶은 건지, 아니면 정말 보이지 않는 건지.

하늘이 나지막이 중얼거리며 턱을 괴었다.

“그래서 넌 요즘 어디서 지내냐?”

“그룹홈. 너는?”

“난 다른 보육원. 여기서 차로 삼십 분은 가야 돼. 내가 전학은 절대 안 가겠다고 고집부렸거든.”

하늘은 그 보육원까지 걸어서는 절대 못 간다며, 이제는 하교하면 꼼짝없이 콩알 차 타고 돌아가야 한다고 투덜거렸다. 콩알 차는 보육원에서 보내 주는 차를 부르는 우리의 은어였다. 빨간 ‘사랑의 열매’ 그림에서 막대가 사라지고 동그라미 세 개만 갈

색으로 빛바랜 채 남은 게 콩알처럼 보였기 때문이다.

콩알 차는 보통 중학교 수업이 끝나는 다섯 시에 한 번, 열 시에 한 번 운행했다. 다섯 시 차를 놓치면 꼼짝없이 열 시까지 시내를 배회해야 했다.

차오름보육원은 걸어갈 만한 위치에 있어 가끔 차를 놓쳐도 괜찮았지만, 차로 30분 거리에 있다는 그 보육원은 확실히 걸어가기엔 너무 먼 거리였다.

"거긴 어때?"

나도 모르게 심주혁 형사와 비슷한 질문을 하고 말았다. 어느새 물들어 버렸나. 얼마나 무의미하고 대답하기 어려운 질문인지 알면서도 그랬다.

"그냥 그렇지, 뭐."

하늘이 피식 웃으며 말했다.

'기자가 만나자는데 같이 갈래?'

수업 중에 하늘에게서 메시지가 왔다. 나는 무시했다.

무시하고 싶은 제안이었기 때문이다. 아직은 김주은 기자를 다시 만나고 싶지 않았다. 만나도 아무 이야기도 하지 못할 게 뻔했다. 김주은 기자 앞에 서면 내 입은 또다시 딱 달라붙고 말 것이다. 생각만 했는데도 속이 뒤틀리는 듯했다.

　　　　　　　　　　　　✳

　요 며칠 하늘은 학교에 나오지 않았다. 나는 하늘이 학교에 오지 않아도 걱정하지 않았다. 하늘이 왜 학교에 못 나오는지 알기 때문이다. 아마도 보육원을 또 다른 데로 옮기거나 하기 때문이겠지.

　그러나 하늘의 결석에는 온갖 소문이 따라다녔다. 하늘이 결국 크게 사고를 쳐서 정학을 먹은 거라는 둥, 보육원이 폐쇄되고 조폭들을 따라 다른 도시로 갔다는 둥, 전부 허무맹랑한 이야기였다.

　그런 까닭에 하늘이 교실 밖 복도에서 나를 기다리고 있으리라고는 생각도 하지 못했다.

　"끝나고 별 약속 없지?"

　하늘이 복도 창가에 비스듬히 기대어 말했다. 교실을 나오던 아이들이 힐끔댔다. 어떤 여자아이와 눈이 마주치자, 하늘은 방긋 웃으면서 손을 쫙 펴고 인사했다. 여자아이는 화들짝 놀라 친구들에게로 부리나케 뛰어갔다.

　"연이는 잘 지내냐?"

　나는 대답하지 않고 하늘을 빤히 바라보았다. 불편한 심정을 드러낸 것인데 하늘은 씩 웃고 말았다. 그러고는 내 어깨에 팔을 척 걸쳤다.

그때 교실에서 묵직한 목소리가 들려왔다.

"야, 김하늘!"

교실 문을 박차고 나온 박문철이 위협적으로 다가왔다.

"네가 성일이 형한테 이상한 소리 하고 다녔냐?"

"무슨 말이야?"

"내가 형 뒷담화 까고 다닌다고, 세지도 않은 주제에 허세 부린다고 했다는데?"

박문철의 눈썹이 위로 치켜 올라갔다. 표정만 보면 당장 한 대 날릴 기세였다.

"나, 아닌데."

하늘은 여유로운 표정으로 어깨를 으쓱했다.

"웃기지 마."

"네가 뒤에서 낄낄대며 떠들 때 같이 있던 애들이 한둘이냐. 그중 한 명이겠지."

하늘의 말에 박문철의 일굴이 딱딱하게 굳었다. 주변에 있던 박문철의 친구들은 서로를 힐끔힐끔 쳐다봤다.

하늘이 내 어깨를 바짝 끌어당기며 말했다.

"그보다 너, 청이랑 한판 떴다며?"

"그게 뭐."

"깨졌냐?"

하늘의 말에 박문철이 발끈하며 한 발짝 다가섰다. 그 모습이 위협적으로 보였다. 그러나 하늘은 박문철을 투명 인간 취급하듯 빙글 몸을 돌렸다. 그러고는 뒤를 돌아보며 박문철을 향해 들릴 듯 말 듯 중얼거렸다.

"그러게 고아 새끼라는 말은 왜 해? 듣는 고아 새끼 기분 더럽게."

작았지만 박문철에게 들리지 않을 정도는 아니었다. 나는 박문철이 달려들 것에 대비해 몸에 힘을 주었다. 그러나 박문철은 생각보다 조용했다. 힐끗 돌아보니 박문철이 주먹으로 교실 문을 치는 모습이 보였다.

하늘은 뒤에서 들려오는 쾅쾅 소리에도 심드렁한 얼굴로 휴대폰을 들여다보았다.

"하여간 독기도 없는 게 허세는. 어쨌든 갈 거지?"

"…내가 재랑 싸운 건 어떻게 알았어?"

"애들한테 들었어. 네가 한 방 먹였다며? 왜 그랬냐?"

휴대폰에서 시선을 거둔 하늘이 나를 바라보았다. 언제 봐도 참 동그란 눈동자였다. 생김새와 행동이 가장 안 어울리는 사람이 있다면 바로 하늘일 것이다.

내가 대답하지 않자, 하늘은 알 만하다는 듯 콧방귀를 뀌었다.

"내가 살면서 제일 많이 들은 말이 뭔 줄 아냐?"

버스 정류장으로 갈 줄 알았더니 하늘은 학교 바로 옆 놀이터로 향했다.

"촉법소년 그거 없애 버려야 한다는 소리야. 나 같은 새끼는 콱 콩밥 먹여야 한대. 기껏해야 콩알 차 기다리면서 시간 때우려고 애들이랑 몰려다닌 게 다야. 근데 보는 사람마다 눈을 구기고 말하더라?"

"뭐라고 했는데?"

"쯧쯧."

하늘이 벤치에 등을 기대며 지겹다는 듯 피식 웃었다.

"그냥 눈 가늘게 뜨고 보면서 혀를 차는 거야. 이렇게, 쯧쯧. 돌아다니다 보면 하루에 두세 명은 만나. 고개 저으며 혀 차는 사람들."

"……"

"뭐, 이해 못 하는 건 아니야. 내 화를 여기저기 다 발산하고 다녔으니까. 그건 어리다고 쉽게 용서빌 수 있는 일은 아니지. 나도 알아. 세상에는 어려도 용서해 줄 수 없는 일이 있는 거니까."

하늘의 길게 자란 머리가 바람에 나부꼈다. 하늘이 나쁜 녀석이 아니라는 걸 나는 알았다. 아니, 애초에 나쁘다는 게 과연 뭘까? 남을 속이고 거짓말하는 거? 그런 거라면 적어도 나쁜 사람이라는 말은 하늘이 아니라 나에게 더 잘 어울리는 단어였다.

"반대로 세상에는 어리니까 용서해 줄 수 있는 일도 있을 거야."

"…"

"우리, 어렸잖아."

하늘의 목소리가 나지막이 들렸다.

"뭐가 맞는지 알려 주는 사람도 없었고."

왠지 손이 시려 주머니에 손을 넣었다. 주머니 안에서 사그락, 명함 굴러가는 소리가 다시금 들렸다. 나는 왜 이걸 늘 넣고 다니는 걸까.

하늘이 피식 웃었다. 눈은 웃지 않고 입꼬리만 힘없이 올린 웃음이었다.

"있잖아, 나 요즘 무슨 생각을 제일 많이 하는지 알아?"

"…"

"제발 누가 나한테 어리니까 괜찮다고 해 주면 좋겠어."

하늘은 이렇게 말하며 웃었다.

어리니까.

어렸으니까, 가 아니라 어리니까, 라고.

★

그날은 내리쬐는 햇볕이 보육원 운동장을 뜨겁게 달구던 지긋지긋한 여름이었다.

"장기 취재요? 아… 저는 그런 거 못 한다니까요. 상황이 여의치 않은 데다 적성에도 안 맞아요. 프로젝트 망치지나 않으면 다행이지."

김주은 기자가 통화하는 소리가 복도 저쪽에서 들려왔다. 나는 원장실 앞을 지키고 서 있었다. 여름 낮의 공기는 후텁지근했다. 숨을 들이쉴 때마다 뜨겁고 습한 공기가 목구멍을 조였다 풀기를 거듭했다. 어느 계절이건 끈적끈적하게 느껴지는 복도의 공기가 이에 붙어 떨어지지 않는 껌처럼 목을 막히게 했다.

나는 축축한 손바닥을 청바지에 쓱쓱 문질러 닦아 내며 다가오는 김주은 기자를 주시했다. 김주은 기자는 통화하느라 내가 있는 것을 알아채지 못하고 가다 서기를 반복하며 나와의 거리를 좁혔다.

"네, 뭐. 봉사 활동은 제법 할 만해요. 아이들도 착하고, 귀엽고…."

김주은 기자가 말을 멈췄다. 옆으로 기름한 눈이 동그랗게 커졌다. 나는 말없이 고개를 까닥 숙였다.

"네, 그럼 다음에 또 통화해요. 저도 이제 봉사 활동을 해야 해서. 네, 네."

휴대폰을 쥐지 않은 다른 손으로 입을 가린 김주은 기자가 확연히 작아진 목소리로 서둘러 통화를 끝냈다. 그러고는 어색하게 활짝 웃더니 내 앞으로 성큼성큼 왔다. 김주은 기자는 아무도 없는 차오름보육원 복도를 휘휘 둘러보고 나서 내가 등지고 선 원장실 문을 바라보았다.

"안녕? 왜 여기에 서 있어?"

내가 어깨를 으쓱하자, 김주은 기자가 원장실 문을 더 유심히 바라보았다. 나는 무릎을 짚고 있는 김주은 기자의 손목을 슬쩍 잡고 빠르게 말을 뱉었다.

"기자예요?"

"어? 아… 들었구나. 으음, 다른 사람들한테는 비밀로 해 줄 수 있을까?"

"왜요?"

"뭐, 별건 아닌데. 기자라고 하면 사람들이 조금 꺼리거든. 괜히 내 앞에서 함부로 말을 꺼내면 기사로 나올 것 같다나? 일종의 편견 같은 거지, 뭐. 뭔지 알겠지?"

김주은 기자가 눈을 찡긋했다.

"기레기 같은 거요?"

내가 이렇게 되묻자, 김주은 기자의 눈매가 구겨졌다. 그러면서도 내 머리 위에 손을 올리며 살짝 고개를 끄덕였다.

"그래, 그거 봐. 사람들은 기자라고 하면 괜히 싫어한다니까."

이렇게 말하고는 금세 표정을 바꿔 상냥하게 웃었다.

"그러니까 비밀로 해 줄 수 있지?"

김주은 기자의 표정이 마치 백설 공주에게 독 사과를 건네는 마녀 같았다. 자기가 원하는 것을 이루려고 아이를 꼬드길 때 어른들이 사탕을 흔들며 짓는 그 표정 말이다.

나는 잠자코 고개를 끄덕였다. 그리고 목적을 달성했다는 듯 자리를 뜨려는 김주은 기자의 손목을 다시 잡아당겼다.

"저기….."

"응?"

나는 바싹 마른 입술을 혀로 축이며 망설였다. 공기는 여전히 후텁지근했고 끈적한 것이 목구멍을 바짝 조였다. 내 눈길이 원장실 쪽으로 힐끔 돌아갔다. 그 안에서 검은 그림자가 움직인 것 같았다.

나는 김주은 기자의 손목을 더 세게 잡았다. 손끝이 바들바들 떨린 것도 같았다. 나는 애써 웃어 보였다. 김주은 기자가 그랬듯이, 속셈을 감춘 마녀 같은 웃음을.

"그럼 제가 여기에 서 있었다는 거 비밀로 해 줄 수 있어요?"

"어?"

"누나 비밀을 지켜 줄 테니까 제가 여기에 서 있던 거, 그것도 비밀로 해 줄 수 있냐고요."

김주은 기자는 잠깐 콧잔등을 일그러뜨렸다가 곧 알겠다는 얼굴로 고개를 끄덕였다.

"아! 숨바꼭질하고 있었나 보구나? 오케이!"

김주은 기자는 천천히 복도 저쪽으로 사라졌다. 그쪽을 향해 발이 몇 번 움직거렸지만, 늪에 빠진 듯 내 발도 목청도 끝끝내 움직이지 않았다.

말하고 싶지 않은 이야기는 누구나 하나쯤 간직하고 있다. 그런 한편으로 누군가는 알아주길 바라는 마음도 있다. 그래서 일기를 쓰고 사진을 찍고 혼자만의 기록으로 남긴다. 자신을 표현하기 위해 화가는 그림을 그리고 작가는 글을 쓰고 작곡가는 음악을 만든다.

왕의 귀가 당나귀 같다는 사실을 아는 사내는 입이 근질거려서 구덩이를 파고 "임금님 귀는 당나귀 귀!"라고 소리 질렀다.

내 비밀도 그렇다. 아무에게도 말하고 싶지 않았고, 심지어는 나조차도 알고 싶지 않은 것이었다. 그래서 비닐로 몇 겹을 싸서 머릿속에 넣어 두었다.

그 비밀스러운 일이 김주은 기자를 만나면서, 심주혁 형사를 만나면서 꾸물꾸물 기어 나오고 있었다. 하지만 나는 안다. 비닐로 꽁꽁 싸 두긴 했어도 끝끝내 버리지 않은 이유는 언젠가는 모든 걸 내 손으로 풀어 훌훌 털어 내고 싶었기 때문이라는 것을.

그렇지만 나는 훌훌 털어 내고 싶었을 뿐, 다른 사람들이 악취에 코를 찡그리게 만들고 싶은 건 아니었다. 기껏해야 알면서도 모른 척했던 하늘의 비밀은 이번 기회에 훌훌 날려 버릴 수 있을 테다.

그런데 내 비밀은?

스스로도 역겨워 숨기고 싶은 이 비밀을 과연 다른 사람들에게 까발릴 수 있을까. 두려웠다. 사실은 내 비밀이 아니라 나라는 인간 그 자체에 악취가 배어 버렸을까 봐. 그래서 돌이킬 수 없을까 봐.

김주은 기자가 회유해도, 심주혁 형사와 대화하면서도, 엄마와 시간을 보내면서도, 연을 대하면서도, 내가 끝내 아무 말도 할 수 없었던 이유가 바로 이 때문이다.

나는 피해자이면서 방관자인 동시에 가해자였다.

나는 아무 말도 할 수가 없다. 숨기만 싶다. 그러면 아무도 모르는 이야기가 되는 거다. 무서운 이야기를 이해하지 못하면 무섭지 않은 것과 마찬가지다.

나는 김 원장이 그 짓을 할 수 있게 원장실 앞에서 문지기 역할을 했다. 내가 원장실 안으로 끌려 들어가고 싶지 않아서. 그래서 그랬다.

그날 하늘은 김주은 기자를 만나러 갔다. 하늘은 과연 마음이 편해졌을까? 어리니까 괜찮다고, 듣고 싶어 한 말을 들었을까.

선선하던 가을바람이 조금 더 차가워졌다. 곧 겨울이 올 텐데 연에게 마땅한 겨울옷이 없는 게 걱정이었다.

내게는 돈이 조금 있었다. 보육원에서 받은 용돈과 후원금을 모은 돈이었다. 모은 지 얼마 안 되어 많지는 않았다.

1년 전쯤 보육원에 외부 강사로 온 사람이 보육원 아이들 중 중학생들을 모아 두고 보호 종료 아동에 관해 알려 주었다. 만 18세가 되면 우리는 '시설 아동'에서 '보호 종료 아동'이 된다고 했다. 그렇게 되면 자립 지원금을 받고 시설을 나가야 한다고 했다. 시설 보호를 연장할 수도 있지만, 언젠가는 나가야 하니까 혼자 살아갈 준비를 해야 한다고 그랬다.

강사는 잔인하지만, 이것이 바로 우리가 마주한 현실이라고 아주 단호하게 설명해 줬다. 그러면서 통장 관리하는 방법과 돈을 사용하고 저축하는 방법을 알려 주었다.

시설에서 나가면 쓰려고 모은 돈을 들고 나는 연과 함께 마트로 갔다. 저번에 본 겨울 점퍼를 연에게 사 주면 좋을 것 같았다.

한창 옷을 고르고 있을 때였다. 주머니에서 간지러운 휴대폰 진동이 울렸다. 파란 점퍼를 든 손이 허공에 멈췄다.

'시간 괜찮으면 집에 한번 올래?'

"형?"

동시에 옆에서 연이 맞잡고 있던 손을 재촉하듯 흔들었다.

"어어."

나는 휴대폰을 주머니에 넣고 연에게 파란 점퍼를 대 봤다.

"나 파란색 싫어."

"그래?"

파란 점퍼를 제자리에 놓으며 연이 좋아하는 색이 뭐였는지 떠올리려 했다. 그러나 얼른 기억나지 않았다. 머릿속에는 온통 검은색 책상과 거기에 어울리는 회색 의자만 그려졌다. 의자는 책상 앞에 잘 놓였을까? 내 방은 어떨까? 벽지는 무슨 색일까? 방에 큰 창이 있을까? 햇빛이 잘 들까? 그러면 좋겠는데. 방에는 엄마랑 내가 초대한 친구들만 들어오게 해야지.

오만 생각이 엄마의 메시지에서 시작되었다.

나는 까만 점퍼를 들었다. 연은 그것을 받아 내려놓고 노란 점퍼로 바꿔 들었다.

"이거 보고 장난감 봐도 돼?"

연이 물었다.

나는 휴대폰을 꺼냈다. 화면에 엄마의 메시지가 다시 보였다. 메시지를 받은 지 벌써 3분이 지났다. 시간을 알리는 큼직한 글자가 눈에 들어왔다. 오후 5시.

"가서 저녁 먹어야지."

"아직 배 안 고픈데."

"음, 그게 마음에 들어?"

고사리손에 들린 노란 점퍼를 가리키자, 연이 고개를 끄덕였다. 점퍼를 건네받아 계산대 쪽으로 가는데 연이 팔을 뒤로 쭉 뻗었다. 그제야 입혀 보지도 않고 사려고 했다는 걸 깨달았다.

"나, 어때?"

점퍼를 입은 연이 빙글 제자리에서 돌았다. 두 팔로 자기 몸을 끌어안고 푹신한 점퍼를 매만졌다. 그래 봤자 메이커 제품과 비교하면 솜이 반도 차지 않은 싸구려 점퍼인데….

팔을 흔드는 연의 손끝에서 소매가 펄럭였다. 나는 소매를 둘둘 접었다. 세 번이나 접었을 때야 연의 손이 볼록 나왔다.

"커!"

연이 소매를 팔락이며 말했다. 하지만 나는 그 손을 잡아 계산대로 끌었다.

"이걸로 하자. 조금 커야 오래 입지."

계산대로 가는 동안 흘러내린 소매가 자꾸만 연의 손을 숨겼다. 그것을 연신 위로 끌어 올려 주면서 나는 아이 때는 원래 옷을 큰 사이즈로 사야 한다고, 누구에게 하는지도 모를 변명을 중얼거렸다.

그러느라 나는 연이 조용해진 것을 깨닫지 못했다. 연은 긴소
매에도 아무 불만이 없었다. 출구로 향하는 동안 장난감 코너를
둘러보자고 보채지도 않았다. 잠자코 내 뒤를 졸졸 따라올 뿐이
었다.

진실

"어때?"

엄마가 조심스레 물었다. 나는 창밖 풍경에 홀려 대답하는 것도 잊었다. 낡은 아파트였다. 아파트라고 하기 민망할 정도로 단지가 작아서 건물은 10층짜리 단 두 동뿐이었다. 엄마가 그래도 우리 집은 로열층이라며 5층 현관에 서서 씩 웃었다.

로열층이라는 엄마의 말은 맞았다. 엄마가 보여 준 방 창밖으로 누런 들과 기찻길이 펼쳐져 있었다. 외진 덕분에 시야를 방해하는 것이 아무것도 없었다.

"기차 지나가는 소리가 나름 운치 있어. 이 방에서 제일 잘 들리더라. 아, 공부하는데 시끄러울까?"

나는 서둘러 고개를 저었다.

"마음에 들어요."

기찻길이 있으면 그 주변에 아무 건물도 들어서지 않을 테다. 이곳 풍경은 내내 변하지 않고 지금 그대로일 것 같았다. 계절이 바뀔 때마다 옷을 갈아입으며 한결같이 드넓은 풍경을 보여 줄 것이다.

바람이 불어와 머리칼을 흔들었다. 엄마는 아파트가 낡아서 외풍이 든다고 중얼거렸지만, 나는 시원한 방이 좋다. 내가 쓸 방은 어둡지 않았고 창문과 방문을 꼭꼭 닫을 필요도 없었으며 따뜻한 노을빛이 진하게 들어왔다. 무엇보다 검은색 책상과 새로 산 회색 의자가 참 잘 어울렸다.

손을 들어 책상을 쓸었다. 새 책상의 매끈한 감촉이 좋았다. 새 책상을 가져 보는 건 처음이었다. 아니, 내 책상이 있는 것 자체가 처음이었다. 보육원 책상은 그저 줄곧 그곳에 있는 물건일 뿐이었다. 나 이전에 누군가 썼던 것이고, 내가 떠나면 또 누군가 쓸 것이었다. 그건 어느 누구의 물건도 아니었다.

그러나 이 책상은 오롯이 내 것이었다. 주인이 변할 일도 없고, 내가 버리지 않는 한 이 자리에 그대로 있을 것이다. 내 마음대로 색을 칠할 수도 있고, 책을 마음껏 늘어놓고 어지럽힐 수도 있다.

"저쪽은 청이가 잘 방."

나처럼 들뜬 엄마가 내 손을 잡고 건넛방으로 이끌었다. 엄마가 가리킨 방은 공부방보다 조금 작았다. 가운데에 덩그러니 침대 하나만 놓였는데 벌써 꽉 차 보였다.

집에 방은 그 두 개가 전부였다.

"저…."

"난 괜찮아. 거실 쓰면 돼."

거실과 주방 사이. 경계를 세우듯 놓인 식탁 구석에 작은 화장품 병이 놓여 있었다. 나는 그것을 보다가 다시 침실을 돌아봤다.

"저는 방 하나면 충분해요."

"네가 다 써도 정말 괜찮아."

"아녜요. 이것도 너무 넓어요."

책상과 의자, 침대 정도를 넣으면 꽉 찰 것 같은 방이 내 눈에는 크게만 보였다. 남들에게는 평범해 보일 방문도 마음에 들었다. 거실과 내 방을 구분 짓는 방문. 그 문을 열면 나오는 나만의 공간.

그러자 차츰 흥분이 사라지고 어김없이 연이 떠올랐다. 자기 몸집보다 큰 점퍼를 입고 그룹홈으로 돌아간 연. 모두 한자리에 모여 저녁을 먹고 있을 연이 생각났다. 연은 영화 원장님에게 허락을 받고 외출하는 나를 보고서도 왜 같이 저녁을 먹지 않느냐고, 어디 가느냐고 묻지 않았다. 나도 굳이 설명하지 않고 그룹홈을 나섰다.

엄마는 집 구조를 한참 이야기하다가 저녁을 차려야겠다고 했다. 주방에 있는 집기는 모두 아기자기했다. 엄마 취향을 드러내는 듯한 자그마한 접시와 컵들, 국자며 집게 따위가 반짝반짝 새것 티를 냈다.

"엄마."

다시 만난 후 처음으로 소리 내어 엄마를 불렀다. 엄마가 놀라 돌아봤다. 국자를 쥔 손에 창백해 보일 만큼 힘이 들어가 있었다.

"왜?"

엄마가 물었다. 그러고는 내가 말을 이을 때까지 기다렸다.

"…아무것도 아니에요."

나는 가만히 고개를 저었다.

'연이도 같이 살면 안 돼요?'

이 말이 입속에서 맴돌다가 엄마가 끓인 구수한 된장찌개와 함께 꿀떡 넘어갔다. 정말이지 너무 맛있었다. 그래서 그 말을 차마 입 밖에 낼 수가 없었다. 그랬나가는 엄마의 나정한 미소가 불편한 미소로 바뀔 것만 같아서. 이 행복에 불행 한 방울이 튀어 모든 것을 검게 물들일 것만 같아서. 이 행복이 꿈이었던 것처럼 깨져 버릴 것만 같아서. 그래서 차마 말할 수가 없었다.

TV 소리가 평화롭게 흘러나왔다. 아무 채널에나 고정해 TV를 틀어 두는 건 그룹홈에서도 마찬가지였다. 그러나 그룹홈의 TV 소리는 외롭게 들렸다. 똑같은 TV 소리인데도 저녁을 먹으며 엄마와 함께 듣는 소리는 아늑하고 평화로웠다.

떠드는 소리도, 누군가 악쓰는 소리도, 아빠의 고함도 없는 저녁 시간이 꿈만 같았다. TV에서 영화 광고가 나오자, 엄마는 뭔가 결심한 듯한 표정으로 내게 말했다.

"우리 영화 보러 나갈까? 원장님께는 엄마가 전화할게. 괜찮으면…. 오늘은 하루 자고 가도 좋을 텐데."

엄마는 한껏 들떠 보였다. 친구들과 처음으로 영화관에 가는 여학생처럼 설레 보였다. 거실 한편에 놓인 파란색 새 이불이 보였다. 그래서 도저히 말할 수 없었다. 그룹홈으로 돌아가야 한다고, 연이 기다리고 있다고. 그리고 나는 영화관에서 영화를 볼 수가 없다고….

"가요."

나는 애써 웃으며 엄마가 건네는 점퍼를 받아 입었다. 점퍼는 내 몸에 맞춘 듯 아주 잘 맞았다.

✶

연과 도서관에서 DVD를 볼 때였다.

우리가 고른 작품은 전체 연령이 볼 수 있는 코미디 영화였는데, 하필이면 주인공에게 학교 폭력을 당한 경험이 있었다. 영화에서 주인공은 좁은 창고에 갇혔다. 한 치 앞도 보이지 않는 캄캄한 창고에서 아이를 향해 주먹이 날아오고, 발길질이 날아오고, 손이 다가와 강제로 옷을 벗기려….

이런 장면이 나오는 순간, 우당탕하는 큰 소음과 함께 의자가 뒤로 넘어갔다. 내가 디지털 자료실 문을 박차고 뛰쳐나온 것이다. 나는 어린 연이 혼자 남았다는 사실마저 잊고 밖으로 도망쳤다. 이용하는 사람이 거의 없는 4층 화장실 구석에 몸을 숨기고 호흡이 정상으로 돌아올 때까지 토악질을 몇 번이고 했다.

화장실 구석에 쌓인 먼지가 내 마음을 일상으로 돌아오게 했다가 다시 캄캄한 원장실 안으로 돌려보내기를 반복했다. 몇 분을 그렇게 잔상이 눈앞을 어지럽게 오갔다. 나는 변기를 붙들고 다시 한번 토악질을 했다.

"그래, 몇 살이라고?"

김 원장이 나를 앉혀 놓고 처음 허벅지를 만졌을 때 덜컥 무서운 기분이 들었다. 이상하게 불편해서 엉덩이가 자꾸만 꿈틀거렸다. 나는 허리를 곧추세우면서 몇 번을 옆으로 옮겨 갔다. 그럴 때마다 김 원장은 내 허리를 다시 자기 가까이로 당겨 놓았다.

“원장님이 묻잖니? 대답해야지.”

“하, 하지 마세요.”

정확히는 알지 못했고 그저 무서워서 하지 말라고 말했다. 내가 겁먹은 목소리로 말하자 김 원장은 미간을 구기고 나를 내려 보았다. 아무 말도 하지 않았다. 웃음기 하나 없는 얼굴로 빤히 바라보기만 했다. 그러더니 한순간 허공으로 손이 휙 치켜 올라 갔다.

“어디서!”

어디서 건방지게 어른에게 신경질 부리느냐는 김 원장의 말은 이해하기 힘들었다. 그러나 치켜 올라간 손은 이해하기 쉬웠다. 내가 고개를 푹 숙이며 죄송하다고 하자 김 원장은 그제야 허허 웃어 주었다. 나는 어물어물 나이를 말했다.

“원장님이 마술 보여 줄까?”

“마술이요?”

“저번 어린이날 행사 때 봤지? 마술사 아저씨가 마술하는 거. 너희한테 보여 주려고 요즘 원장님이 그거 배우고 있거든.”

김 원장이 씩 웃었다. 손은 여전히 내 허벅지를 슬금슬금 더듬고 있었다. 거칠고 건조한 손바닥이 허벅지를 뜨겁게 했다.

“청이한테도 보여 주려고 열심히 배웠지.”

김 원장이 다정한 목소리로 말했다. 나를 위해 마술을 배웠다고 말하니 조금은 기쁜 마음이 들었다.

차오름보육원으로 오기 전에 살던 동네 놀이터에는 피에로 아저씨가 자주 왔다. 커다란 풍선 트럭을 놀이터 앞에 세워 두고 풍선을 만들어 아이들에게 나눠 주곤 했다. 나는 엄마 손을 꼭 잡고 한 발짝 떨어진 곳에서 하늘까지 치솟은 듯한 피에로 아저씨의 긴 다리를 봤다. 아저씨 코에서 천 다발이 끊임없이 쏟아지고 입에서는 커다란 풍선이 쭉 빠져나왔다. 그 풍선으로 푸들 모양을 만들어 아이들에게 선물해 주면 까르르 웃음꽃이 피었다.

쭈뼛대던 내게는 긴 칼 모양 풍선을 만들어 주었다. 어른들은 맛있는 걸 주겠다고 하면 따라가지 말라는 말은 했지만, 어느 누구도 마술 보여 주는 아저씨를 조심하라고는 하지 않았다. 오히려 엄마는 쑥스러워하는 내 등을 떠밀어 피에로 아저씨 쪽으로 보내곤 했다.

"여기 주머니에 손을 넣어 봐. 마술 주머니에 원장님이 사탕을 넣어 뒀거든."

김 원장이 내 손목을 잡아 자기 허벅지로 끌어당겼다. 김 원장의 마술 주머니는 정말 이상하게 생겼다. 평소에 내가 보던 주머니와는 달랐다. 그래서 마술 주머니인 걸까?

"자."

김 원장이 내 손목을 당겼다. 김 원장의 손길을 따라 내 손이 마술 주머니로 들어갔다. 사탕을 찾아보라는 말에 나는 사탕을 찾아 손을 움직였다. 그러나 손끝에 닿은 건 사탕이 아니었다. 그게 뭔지 나는 몰랐다. 내게 무슨 일이 벌어졌는지도 몰랐다. 그냥 너무너무 무서웠다. 내 손이 닿는 순간 길게 벌어지며 시커멓게 빛나던 김 원장의 입안이 너무너무 무서웠다.

그 순간 나는 정말로 공포를 느꼈다.

나는 김 원장의 손을 뿌리치고 부리나케 원장실을 벗어났다. 뭔가 잘못되었다는 걸 본능적으로 느꼈다. 뒤도 돌아보지 않고 내가 지내는 방으로 들어가 이불 속에 숨었다. 김 원장은 나를 쫓아오지 않았다.

다만, 그 뒤로 김 원장의 번뜩이는 눈이, 시커먼 입이, 기분 나쁜 웃음소리가 나를 따라붙었다. 꿈속에서는 물론이고 현실에서도 불쑥불쑥 그것이 나를 덮쳐 왔다. 나는 김 원장을 피해 다녔다. 보육원 행사가 있는 날에는 김 원장과 가장 먼 자리를 찾아 앉았고, 강당에서 다 같이 영화를 보거나 프로그램실에서 놀이를 할 때도 조용한 구석에 앉았다. 누가 말을 걸거나 손을 내밀면 흠칫 놀랐다.

내 눈은 만화에서 본 교도소의 레이다처럼 김 원장만 찾아 움직였다. 그 레이다는 김 원장을 발견하면 삐질삐질 땀을 내보내며 경보를 울렸다. 내가 눈에 띄지 않자 김 원장의 관심은 차츰 사그라들었고, 내 기억에서도 그때 일은 사라져 갔다.

들기 싫은 말은 잘 들리지 않고 보기 싫은 것은 잘 보이지 않는 것처럼 내 머릿속에서 기억하기 싫은 것은 잘 떠오르지 않게 되었다. 기억을 없애려고 애쓸 필요도 없었다. 그런 일이 있었다는 사실조차 나는 정말로 잊고 있었으니까. 아니, 나도 모르는 저 깊숙한 곳에 꼭꼭 묻어 두고 있었으니까.

그날 김 원장이 내뱉은 말을 듣기 전까지는.

'적당히 넘어가렴. 알았지?'

단 3초의 짧은 문장이 들려온 시간은 악몽이 깨어나기에 충분했다. 김 원장의 목소리를 듣는 순간, 모든 기억이 순식간에 또렷이 되살아났다.

물을 부으면 부풀어 오르는 개구리알 장난감처럼, 물을 머금는 스펀지처럼. 단 하나의 문장만으로 모든 기억이 내 머릿속을 장악해 꽉 짓눌렀다. 어떻게 잊고 지낼 수 있었을까? 모든 감각이, 기억이 생생하게 깨어났다.

'만약에 적당히 넘어가지 않으면요? 그러면요? 설마… 다시 내게 그런 일이…?'

그날 이후 나는 원장실 앞에 서게 되었다.

쿠당탕!

캄캄한 공간과 그날의 기억을 떠올리게 하는 장면에 발작하

게 된 것도 그때부터였다. 캄캄한 원장실 안. 눈 둘 곳 없어 내려
보던 소파 끄트머리의 먼지. 나를 움직이지 못하게 만들던 소파
의 등받이. 내 어깨를 짓누르던 김 원장의 손.

영화관 의자에 앉는 순간 머릿속이 까맣게 물들었다. 아니, 영
화 중간쯤이었나? 영화가 어떤 내용이었더라? 여자가 불 꺼진
컴컴한 방으로 들어갔던 것 같은데. 그러고 나서 어떤 내용이 이
어졌는지 좀처럼 생각나지 않았다.

커다란 스크린에서는 번쩍번쩍 빛이 튀고 빵빵한 스피커에서
는 귀를 찢는 소리가 울려 퍼졌다. 끼익, 쿵! 꺄악! 살려 주세요!
쿵, 철퍽, 쿠당⋯. 겁에 질린 여자의 얼굴이 클로즈업되면서 음
역이 낮은 배경 음악이 깔렸다.

눈을 질끈 감았다. 그리고 영화관 밖으로 뛰쳐나가지 않기 위
해 숨을 참고 손톱을 허벅지 살에 박아 넣었다.

"재미있어?"

그때 숨을 죽인 나직한 목소리가 들렸다. 허벅지 위에 올려놓
은 꽉 쥔 주먹 위로 따뜻한 손이 내려왔다.

"좀 봐 봐."

따뜻한 손이 채근하듯이 슬쩍슬쩍 손을 흔들었다. 눈을 떠 바
라본 엄마의 입 모양이 '별로 안 무서워.'라고 말하고 있었다.

따뜻하다.

어색하면서도 낯간지러운 감각에 빠진 사이 화면이 바뀌었다. 어느새 사위가 밝아지고 화면 속 여자는 언제 겁에 질렸냐는 듯 남자의 팔뚝을 퍽퍽 치며 박장대소했다.

객석에서도 잔웃음이 쏟아졌다. 그제야 가늘게 찌푸리고 있던 눈을 뜨고 주변을 둘러보았다. 환해진 영화관 안에 팔짱을 낀 커플과 발을 동동거리는 아이, 젊은 부부와 가족 단위 관객들이 보였다.

옆에서 느껴지는 시선에 고개를 돌리자, 엄마가 나를 보며 빙그레 웃었다.

"봐, 생각보다 별것 아니었지?"

고사리처럼 굽었던 내 손에는 솜사탕처럼 푹신한 엄마 손이 감겨 있었다.

'생각보다 별것 아니었지?'

이 말이 오랫동안 머릿속에 머물렀다. 영화 내용보다 엄마의 목소리가 더 강렬하게 자리했다.

"시시했던 건 아니지?"

엄마가 싱긋 웃으며 물었다.

"오늘 본 영화, 평이 별로였지만 엄마는 생각보다 괜찮았어.

인생도 그래. 겪기 전엔 감당 못 할 것 같아도 막상 맞닥뜨리면 생각보다 괜찮은 경우도 있어. 엄마 봐 봐. 너랑 그렇게 헤어진 뒤에는 세상이 정말 지옥 같았는데, 너를 다시 만나러 갈 자격도 없다고 생각했는데…. 용기를 내고 나니까 이렇게 같이 웃고 있잖아.”

나를 찾아올 용기를 내기 위해 엄마는 얼마나 많은 발걸음을 했을까. 또 얼마나 많은 발걸음을 돌려야 했을까. 그 수많은 발걸음 끝에 무엇이 나타날지 몰라 얼마나 두려웠을까.

“너를 낳는 건 또 어땠는데…. 사실은 엄청 겁났거든. 너를 낳고 나면 내 인생이 어떻게 달라질지 알 수 없었으니까. 혹시 건강하게 태어나지 못하기라도 하면? 낳다가 내가 죽는다면? 하루에도 몇 번씩 산모 수첩을 뒤적이고 이불 속에서 뒤척였어.”

그러나 결국 엄마는 무사히 건강한 아들을 낳았다. 나를 처음 마주한 순간 엄마는 세상에서 제일 값진 선물을 받은 사람처럼 웃었다고 한다.

엄마는 인생이 반전에 반전을 거듭하는 영화처럼 알 수 없는 것, 모든 이에게 태어나서 딱 한 번만 볼 기회가 주어지는 영화 같은 것이라고 했다. 그래서 인생이 힘들기도 하지만, 그만큼 아름답다고 했다. 무서운 부분만 보고 지레 겁을 먹으면 좋은 부분까지 놓치기 십상이라고.

✳

　주머니에 넣어 둔 명함이 손바닥을 스쳤다. 명함을 꺼내 엄지와 검지를 교차하자 두 장으로 갈라졌다. 김주은 기자 이름과 심주혁 형사 이름이 보였다.

　심주혁 형사는 명함에 적힌 번호가 개인 휴대폰 번호라며, 꼭 사건과 관련된 일이 아니더라도 언제든 편하게 연락하라고 했다. 그러나 놀이터에 앉아 고민을 거듭하던 내가 전화를 건 사람은 심주혁 형사도, 김주은 기자도 아니었다.

　신호음이 울릴 때까지도 어떻게 이야기를 꺼내야 할까, 이제라도 그냥 모른 척 넘어갈까 고민했다. 그러나 엄마 목소리를 듣는 순간 모든 고민이 날아갔다.

　반가운 엄마 목소리가 나를 맞았다. 나는 그동안 있었던 일을 엄마에게 들려주었다. 저번에 엄마가 내게 보육원에서 무슨 일이 있었느냐고 물었을 때 미처 하지 못한 이야기들이었다.

　심성이 여린 엄마가 내 이야기를 듣고 쓰러질지도 모른다고 생각했다. 그러잖아도 버거운 인생에 짐 하나 더 올려놓는 건 아닌지 걱정도 들었다.

　그러나 엄마는 담담히 내 이야기를 들었다.

　“네가 무서울 거라는 거 알아. 무거운 게 당연하지. 하지만 어떤 결과가 나오든 엄마는 네가 하고 싶은 대로 했으면 좋겠어.

청이 네가 어떤 선택을 하든 엄마는 네 편이니까.”

어떤 선택을 해도 좋다는 말이 내 마음을 편하게 했다.

“그래도… 될 수 있으면 조금이라도 더 네 마음이 편해질 수 있는 선택을 하길 바랄 뿐이야.”

나는 고개를 끄덕이고 전화를 끊었다.

조금이라도 더 마음이 편해질 수 있는 선택. 그게 무엇일지 몰라 지금껏 헤맸다. 캄캄한 수수께끼 상자를 들여다볼 생각을 못하고 꼭꼭 숨어 벌벌 떨기만 했다. 들여다보려 하지 않았으니 어떤 선택지가 있는지도, 주어진 선택지가 어떤 것인지도 알지 못했다.

이해하면 무서운 이야기는 결말을 들어야 완성된다. 이해하지 못하면 이야기를 영영 끝맺을 수 없다. 의자는 앉아 봐야 고를 수 있고, 무서운 영화나 이야기도 끝까지 보거나 들어야 별로 무섭지 않았다고 허세를 부릴 수 있다.

그런데 나는 이제껏 그 뒤에 감춰진 예측할 수 없는 그 무엇이 무서워서 숨기만 했다. 눈을 감고 보지 않으려고만 했으니 뭘 알 수 있었을까. 상상이라는 더 큰 두려움에 먹힐 뿐이었다. 굴을 찾는 곰처럼, 구멍을 좇는 문어처럼, 톱밥 안에 숨는 소라게처럼 더 길고 큰 무서움 속으로 숨어들 뿐이었다.

나는 휴대폰을 들어 이번에는 심주혁 형사의 번호를 눌렀다.

그리고 엄마에게 했던 이야기를 심주혁 형사에게도 했다. 아니, 심주혁 형사에게는 더 자세히 이야기했다. 김 원장이 그동안 무슨 짓을 했는지. 아이들이 어떤 일을 당했고 나는 무슨 짓을 했는지. 내가 원장실 앞에서 어떤 일들을 지켜봤는지. 나는 무슨 일을 당했는지. 그 모든 이야기를 낱낱이 털어놓았다. 녹음해도 좋다는 말을 앞에 덧붙이고.

내 이야기가 끝나자, 심주혁 형사는 고맙다고 했다.

나는 가만히 숨을 내쉬었다. 모든 이야기를 다 하고 나서야 내 심장이 쿵쿵대고 있었다는 걸 눈치챘다. 그게 두려움 때문인지 설렘 때문인지는 알 수 없었다.

나는 오래전부터 모든 사실을 알면서도 너무 무서워서 김 원장의 행동을 숨겨 주고 있었다고 말했다. 그러나 심주혁 형사는 그에 대해서는 아무 말을 하지 않았다. 대신 앞으로 내게 어떤 일이 벌어질지 설명하고는 괜찮겠느냐고 물었다. 나는 심주혁 형사기 앞에 있는 것처럼 고개를 끄덕였다. 여전히 두려웠지만, 적어도 이제 피하기만 해서는 안 된다는 걸 알았다.

그 뒤에 벌어진 일들은 생각보다 무섭지 않았다. 심주혁 형사를 만나 경찰서로 가서 비슷한 이야기를 다시 하고 진술서를 적었다. 단계에 따라 처리되는 사건이 결말을 알고 보는 공포 영화처럼 지루하다고 느껴질 정도였다.

문득 차오름보육원 운동장 텐트 안에서 들었던 이야기가 스쳐 갔다.

'이거 별로 안 무서워. 이름은 '무서운 이야기'인데. 막상 들으면 하나도 안 무서워.'

아이들은 비밀 이야기를 하듯 키득키득 웃으며 속삭였다.

어쩌면 아이들이 전하지 못한 이야기의 결말 역시 그렇지 않았을까? 아이 엉덩이에 난 두드러기는 아이의 상태를 주의 깊게 관찰한 사명감 높은 선생님의 성격 덕분에 발견됐을 수도 있다. 또 아이가 물을 쏟아 옷을 갈아입히다가 발견했을 수도 있다. 아니면 아이가 엉덩이가 가렵다며 바지를 휙 내려 보여 주는 우스운 장면이 연출되었을 수도.

이 세상 많은 이야기가 그랬다. 정체를 알기 전에는 우리 마음 속에서 제멋대로 부푼다. 그러다 막상 현실을 맞닥뜨리면 허무하게 쪼그라든다. 현실은 언제나 상상만 못하다.

하기야 아이들 사이에서 유행한다는 '이해하면 무서운 이야기'가 무서워 봤자 얼마나 무섭겠는가. 그 뻔한 사실을 이제야 눈치챘다는 생각에 헛헛한 웃음이 나왔다.

나는 교무실에 가서 조퇴증을 받아 나왔다. 교무실 앞에는 하늘이 서 있었다. 국어 선생님이 하늘의 머리를 쓰다듬었다. 하늘의 손에서는 국어 교과서가 펄럭였다. 그리고 여전히 풀어 헤쳐진 하늘의 교복 셔츠도 자유롭게 나부꼈다.

우리에게 필요한 건 어쩌면 사실을 똑바로 마주하는 단 하나의 용기인지도 모른다.

밖으로 나오자 구름 사이로 해가 모습을 드러냈다. 오래간만에 청아한 하늘이 환한 햇살에 더욱 돋보였다. 먼 옛날 어느 부족은 해가 숨는 것을 재앙으로 여겼다고 한다. 밝은 세상이 사라지고 어둠이 내려앉기 때문이다.

그러나 시간이 지나면 언제 그랬느냐는 듯이 해가 뻔뻔한 얼굴을 내밀고 세상은 다시 밝아진다. 그런 당연한 원리도 세상이 멸망했다며 굴속에 숨지 않아야만 알 수 있다. 떠오르는 해를 두 눈으로 직접 보려면 캄캄한 하늘을 뜬눈으로 지켜보고 있어야 한다.

나도 이제 해를 마주할 시간이었다.

두렵지만 이제는 연에게도 진실을 말할 시간이었다.

이해하면 무서운 이야기

몰려오던 추위가 도망친 것처럼 따뜻한 날이다. 일찌감치 꺼내 입은 패딩 점퍼를 벗어서 들고 가는 사람이 많았다.

나도 옆구리에 연의 패딩 점퍼를 끼웠다. 걷는 동안 연의 얼굴이 새빨개졌다. 무릎을 한껏 굽혀 오르막을 오를 때마다 옆구리에 낀 연의 점퍼가 미끄러져 내렸다.

인생도 이럴까?

가파른 오르막은 푸르디푸른 하늘을 볼 수 있게 했다. 시원한 바람을 맞게 했다. 힘든 오르막길이 꼭 나쁜 것만은 아닐지도 몰랐다.

"좀 쉬었다 갈래?"

마침 평지가 나오고, 그 위에 아담한 정자가 있었다. 아파트 옆 야산은 나에게는 눈을 감고도 오를 만큼 쉬운 길이지만 다섯 살 꼬맹이에게는 힘겨운 길이다. 그런데도 연은 힘든 내색 하나 없이 올랐다. 쉬어 가자는 나를 보며 배시시 웃는 얼굴에서는 힘든 기색을 전혀 찾아볼 수 없었다.

그렇다고 정말 힘들지 않은 걸까? 정말로 연은 힘든 것도 모르고 고민도 없이 사는 걸까? 어쩌면 아직 어려서 자기가 걷는 길이 오르막이라는 것도, 다섯 살 아이가 걷기에는 적합하지 않다는 것도 모르는 게 아닐까?

"괜찮아."

뭐가 괜찮은데? 순간 이렇게 되물을 뻔했다. 뭐가 괜찮다는 건데? 쉬어 가지 않아도 괜찮다는 거야? 아니면 혼자 남게 되어도 괜찮다는 거야?

뜬금없이 어질어질 현기증이 밀려왔다. 아득한 현기증이 뇌 구석구석으로 뻗은 핏줄을 움켜쥐었다.

"그래도 좀 쉬었다 가자."

"형이 힘들구나?"

"맞아. 내가 힘들어서 그래."

정자에 앉자, 연이 조막만 한 손으로 가방에서 물병을 꺼냈다.

물병은 연의 얼굴보다 컸다. 그룹홈에 아동용이 없는 탓에 연이 들고 다니는 물병은 1리터짜리였다. 연은 자기 손보다 큰 물병을 들고 혼자서 꿀꺽꿀꺽 잘도 마셨다.

“나, 괜찮아.”

가벼운 탄식처럼 연의 말이 터져 나왔다. 나는 연의 이마에 맺힌 구슬땀을 훔쳐 주었다.

“대단하네. 이렇게 높이 올라왔는데 정말 안 힘들어?”

“아니.”

“응?”

연의 이마에 또 비지땀이 맺혔다. 연은 소매로 땀을 쓱 닦아 냈다. 그러고는 물병을 가방에 넣었다. 모든 일이 정말 아무렇지 않고 자신에게는 쉬울 뿐이라는 듯이.

“형도 나한테 비밀 말해 줘도 괜찮다고.”

순간 바람이 서늘하게 느껴졌다. 땀이 식어 가기 때문일까. 오스스 소름이 돋았다. 연이 나를 보며 씩 웃었다.

왜 몰랐을까?

그렇게 어른스럽고 성숙한 아이였는데. 도서관에서 떠들면 안 된다는 규칙을 이해하고, 한 사람당 DVD 관람 시간은 두 시간으로 제한된다는 규칙에 떼 한 번 쓰지 않고 잘 따르는 그런 아이였는데. 그런 줄 알면서도 나는 왜 연을 다섯 살짜리 어린아이로만 봤을까.

이렇게 다 알고 있었는데.

“형, 요즘 바쁘잖아. 나 알아. 그거 형 엄마가 찾아와서 그런 거지?”

어떤 무서운 이야기를 들은 것보다도 더 깊은 소름이 돋았다.

나는 입술을 꽉 물고 연의 손을 힘껏 잡았다. 연은 또 빙긋 웃으며 말간 얼굴로 나를 바라보았다.

“형은 내 진짜 형 아니잖아. 우리 집도 진짜 집 아닌 거고.”

연이 웃으며 말했다. 그런데 그 웃는 눈에 눈물이 고였다. 눈꺼풀 위에서 흔들리던 눈물은 끝내 견디지 못하고 무너져 내렸다. 댐이 무너진 저수지처럼 눈물은 한번 터지자 하염없이 흘러내렸다. 내 코끝도 시큰해졌다.

“너 진짜 괜찮아?”

주먹 안에 들어온 연의 손이 묵직했다.

“말했잖아. 형한테는 뭐든 얘기해도 된다고.”

나는 애써 밝은 목소리로 말했다. 그러나 내 눈에도 뿌연 안개가 꼈다. 연의 손이 들썩였다. 몸이 흔들렸다. 모랫바닥 위로 투둑투둑, 비가 내렸다. 우는 와중에도 띄엄띄엄 빠져나오는 단어들이 힘겹게 하나의 문장을 만들었다.

“정말 괜찮은데, 형이 없는 건 싫어. 슬퍼. 형이 내 진짜 형이었으면 좋겠어.”

한참을 울었다. 정자 위로 푸르르던 하늘에 주황빛 물감이 톡 풀어지고 별 하나가 떠오를 때까지, 산을 내려가는 어른들이 우리를 힐끔댈 때까지 연과 나는 손을 꼭 붙들고 눈물을 흘렸다.

보육원에서는 이별을 일찍 배운다. 보육원에 처음 오는 순간부터 엄마 아빠와 이별한다. 지내다 보면 어린아이들부터 하나둘 사라졌다. 새로운 엄마 아빠를 만나서 그렇게 곁을 떠났다. 그때부터는 5년, 10년…. 보육원에서 오래 지낸 아이들만 남게 되지만, 우리는 알았다. 우리도 언젠가는 헤어져야 한다는 것을.

무서워도 피할 수 없는 것이 이별이었다. 그렇지만 이별이 있어야 다음 만남이 있는 법이었다. 모래성 같은 집은 쉽게 무너지기도 하지만, 그만큼 많은 추억을 남겨 주기도 했다.

이제는 정말 돌아갈 때가 됐구나. 물에 잠긴 듯한 눈으로 멍하니 있을 때, 연이 작은 입술을 움직여 말을 건넸다.

"형, 가면서 내가 이해하면 무서운 이야기 해 줄까?"

처음으로 연과 캠핑을 하던 그날, 연이 나에게 똑같이 물었다. 그때는 하지 못했던 대답을 지금의 나는 활짝 웃으며 할 수 있었다.

"응, 좋아!"

주말에 고향에 내려갔다. 쌀쌀한 가을바람이 좋아서 오랜만에 먼 곳까지 산책을 나갔다. 그러다 우연히 보육원 앞에 세워 놓은 하얀 방음벽과 덜컥이는 중장비를 보았다. 그제야 나는 몇 년 전 우리 동네에서 나름 떠들썩했던 '보육원 성추행 사건'이 생각났다.

'아, 그런 일이 있더니…. 결국 폐쇄하기로 한 건가?'

집으로 돌아가 몇 년 전 사건을 찾아보았다. 내 기억에서는 먼 과거였는데, 꽤 최근 날짜로 발행된 기사에서 아이들의 이야기를 접할 수 있었다. 아이들은 보육원을 떠나기 싫다고 했다. 하지만 어른들의 사정, 행정적인 이유로 아이들은 그곳을 떠날 수밖에 없었다는 내용이었다.

학창 시절, 우리 학교에는 보육원에 살던 아이들이 꽤 있었다. 이후 대학생이 된 아이는 보육원으로 멘토링 봉사 활동을 하러 다시 찾아오기도 했다. 그렇게 가까이에 아이들이 있었지만, 우리는 아이들보다 사건에만 집중해 쉽게 말하고, 빠르게 관심을 거두었다.

사람들이 잊는다고 해도 그곳에 아이들이 있었다는 사실은 변하지 않는다. 소설 《있었다》는 사람들이 사건뿐만 아니라, 아이들의 삶에 조금이라도 관심 가져 주기를 바라는 마음이 담겨 있다. 나 역시 이 사건과 아이들을 잊지 않기 위해 연이와 청이의 이야기를 쓰기 시작했다.

　그러나 이 소설은 특정 사건에만 머무르는 이야기가 아니다. 때론 우리도 불편한 진실을 감추거나 외면하고 싶을 때가 있다. 하지만 진실을 외면하지 않고 똑바로 바라봐야만 내가 나를 바라보는 시선도 달라질 수 있다. 용기 내어 사건의 진실에 한 발짝씩 다가가는 청이처럼 청소년 독자들도 용기를 내어 보라고 응원하고 싶었다. 이 소설을 읽은 모든 청소년이 우리가 용기를 냈을 때 달라지는 세상을 마주하길 바란다.

　마지막으로 항상 내 곁에서 든든하게 나를 응원해 주는 부모님과 언제나 내 꿈을 지지해 주는 나의 '일기'에 감사 인사를 전한다. 또한 이 소설을 완성할 수 있도록 많은 도움을 준 김영숙 편집장님에게노 감사 인사를 전한다.

청이가 연이에게 선물한
노란 패딩 점퍼의 따듯함으로 추운 겨울을 버티며
2026년 1월, 성실

있었다

초판 1쇄 발행 2026년 1월 9일

글쓴이 성실 | **펴낸이** 황정임
총괄본부장 김영숙 | **편집** 김로미 김선의 정지연 | **디자인** 김태윤 이선영
마케팅 이수빈 윤인혜 노슬기 | **경영지원** 김하리 | **제작** 이재민

펴낸곳 초록서재(도서출판 노란돼지) | **주소** (10880) 경기도 파주시 교하로875번길 31-14 1층
전화 (031)942-5379 | **팩스** (031)942-5378
홈페이지 yellowpig.co.kr | **인스타그램** @greenlibrary_pub
등록번호 제406-2015-000137호 | **등록일자** 2015년 11월 5일

ⓒ 성실, 2026
ISBN 979-11-92273-36-5 43810

초록서재는 여린 잎이 자라 짙은 나무가 되듯,
마음과 생각이 깊어지는 책을 펴냅니다.